MILENA
Verlag

PETER WALDECK

Seit 1995 arbeitet der Wiener Autor mit seiner Theatergruppe Casa Del Kung Fu im Bereich zwischen Literatur, Wrestling und Comic. Zwischen 1996 und 2006 veranstaltete er die Filmclubreihe *Otakoon Saloon* und widmete sich dem Texten von Comics. Die melancholische Comicserie »El Pablo versus El Diablo« (mit Jan Limpens) erschien regelmäßig in der Qualitätszeitung *Folha de S. Paulo*, der Tageszeitung mit der größten Verbreitung in Lateinamerika. Der Falter wählte sein Stück »Fantomas – das Action-Musical« unter die 10 besten Theaterproduktionen des Jahres 2008. Im Winter 2012 hatte sein Stück »Columbo Dreams« im Wiener Rabenhof Theater Premiere und feierte große Erfolge bei Kritik und Publikum.

Peter Waldeck

Die 67 enttäuschendsten Sexfilme aller Zeiten

Roman

MILENA

Im Zeitraum 2014/2015 schrieb der österreichische Philosoph und Schriftsteller Dr. Bruno Maria Haussmann die Reihe »**Die 100 enttäuschendsten Sexfilme aller Zeiten**« für die Online-Plattform von VICE Media Austria. Die Kritiken erschienen jeweils wöchentlich, bis die Reihe im Juni 2015 abrupt beendet wurde. Hier werden sie erstmals gebündelt in einem Band publiziert.

Sex und Enttäuschung – eine Einleitung

Von Marvin Latsko

Bevor ich Dr. Bruno Maria Haussmann kennenlernte, gelang mir alles, was ich anfasste. Gerade noch schrieb ich meine Facebook-Kolumne *Der Niedergang* und arbeitete in einer Start-up-Firma bis spät in die Nacht und – BANG! – war ich Chefredakteur des VICE-Magazins. Ich hatte ein gutes Händchen. Ich wusste, wie man Schlagzeilen formuliert, wie man Sex und Drogen in beinahe jeder Geschichte gewinnbringend unterbringt, wie man die Leute zum Klicken bringt. Aber nach zwei Jahren der grellsten und frechsten Geschichten fühlte ich mich auch ein bisschen leer. Natürlich waren Sex und Drogen fantastische Themen, ich liebe Sex und Drogen. Aber das war doch nicht alles. Früher hatten mich doch auch andere Sachen interessiert! Bücher zum Beispiel – natürlich habe ich wie alle anderen *Die Gelungenheit* gelesen. Was für ein sensationelles Buch! Man konnte prima zu dem Buch masturbieren, aber es war auch irgendwie deep. Und Bruno hatte in Interviews eine ungeduldige Weltsicht, bitter, aufrichtig und zynisch, mit der wir Jungen uns gut identifizieren konnten. Trotz seines Alters! Er war 57 Jahre alt, wenn er auch mit seinen langen nikotingelben Haaren eher aussah, als wäre er 57 Jahre tot.

Ich hatte nicht gedacht, dass wir bei VICE irgendetwas mit ihm machen würden. Ich dachte, er wäre eine Nummer zu gescheit für uns. Interview-Anfragen hatte er immer höhnisch abgelehnt. Dann erschien dieser kleine Gesprächsband im Merve Verlag, *Jahrzehnt der Widerborstigen*. Kein neuer Roman, sondern die

Transkription eines Bühnengesprächs von Bruno Maria Haussmann und Bolle Gabriel, dem Drucker der RAF-Flugblätter. Mitten im Gespräch begannen sie sich über ihre Pornofilmsammlungen auszutauschen. Was einen guten Pornos ausmache und was einen schlechten. Es war ein fantastisches Gespräch.

Da kam mir die Idee für eine Kolumne. Bruno Maria Haussmann soll die schlechtesten Sexfilme besprechen. Auf VICE. Das wäre dann immer noch Schund. Aber großer Schund mit großen Gedanken.

Ich trat über seinen Agenten an ihn heran. Die Arbeit am nächsten Roman zögere sich etwas hinaus, meinte dieser, nicht ungewöhnlich nach so einem sensationellen Erfolg, so eine kleine Kolumne mit geringem Aufwand sei da gar nicht so falsch. Es komme eben auf die Bezahlung an. So wie immer.

Wir verhandelten ein bisschen hin und her. Die Honorarforderungen wurden immer höher, schließlich wurde mir schwindlig von der Summe, aber ich wollte diese Kolumne unbedingt machen. Ich war außerstande einen geraden Gedanken zu fassen, da sagte ich zu.

Ich traf Bruno auf unserem jährlichen Verlagsfest. Er sah bleich aus, er rauchte wie ein Schlot und hatte seinen schmierigen Hund mit, Baxter. Der sah noch schlechter aus als sein Herrchen.

Bruno schüttelte mir die Hand und sagte gleich: »Ich will nicht nur kleine Kritiken schreiben, ich werde das von Film zu Film anders lösen. Manchmal werde ich den Inhalt als Geschichte schreiben, manchmal, wenn es wichtig ist, das Leben des Regisseurs in den Vordergrund stellen, manchmal werde ich beschreiben, was es in mir ausgelöst hat.«

Wir redeten über Enttäuschungen. Er erklärte mir ausführlich seine Theorie der aufklärerischen Enttäuschung. Als ich ihm von meinen Gedanken erzählen wollte, war Bruno Maria Haussmann plötzlich verschwunden. Nur Baxter, sein Hund, war noch da und wimmerte. Der Dubstep behagte ihm gar nicht. Ich nahm Baxter am Halsband und wir suchten Bruno überall. Nach über einer Stunde fanden wir ihn schließlich unter einem Tisch. Verdeckt vom Tischtuch lag er ausgestreckt auf dem Boden und las Aktienkurse auf seinem Handy.

Er wandte sich mir zu: »Aber es wird keine gewöhnliche Sexkolumne«, sagt er. Sein linkes Auge fiel zu. Er roch nach Rotwein, Zigaretten und Hundefutter. »Worüber wird denn in Sexkolumnen nie geredet? Über Sex! Immerzu geht es um Beziehungen. Oder um Haut. Oder um Nippel und ihre Nippelgates. Oder um Röcke und um die Hüften, die darüber quellen. Man liest von Männern, die Männer lieben und Frauen, die Frauen lieben, und von Männern, die sich als Frauen empfinden, aber Frauen lieben. Oder von Männern, die sich als Frauen empfinden, aber Frauen lieben, die unangenehme Büstenhalter tragen. Aber wird einmal so richtig gefickt? In den meisten Sex-Kolumnen erfährt man nichts vom schmatzenden Geruch, wenn ein fetter Schwanz die Möse pumpt!«

Er klopfte mir auf die Schulter. Bruno kroch aus seinem Lager unter dem Tisch und richtete sich auf. In nur wenigen Stunden hatte er alle Hoffnungen erfüllt, die ich in ihn gesetzt hatte.

»Aber damit das klar ist, ich lasse mir nicht dreinreden. Ich schreibe das, wie ich will.«

»Abgemacht!«, sagte ich und schlug ein.

Jetzt wollte Bruno mit seinem Hund tanzen, aber der ließ einfach nur den Kopf hängen. Baxter war todmüde. Bruno zuckte mit den Achseln und verließ mit ihm das Fest.

Ich war euphorisch. Auf dem Nachhauseweg tanzte ich und schlug ein Rad. Ich wusste ja nicht, dass ich eben mein Leben zerstört hatte.

Die 100 enttäuschendsten Sexfilme aller Zeiten

Gesammelte Kolumnen

von Dr. Bruno Maria Haussmann

»Hallo, der Pizzabote ist hier!«, ruft der Pizzabote. Aus der Gegensprechanlage meldet sich eine dünne, kaum wahrnehmbare Stimme. Der Pizzabote hält sein Ohr an den Lautsprecher, aber er hört nur statisches Rauschen. Ein Schnarren – da öffnet sich die Tür. Der Pizzabote tritt ein. Das Vorzimmer ist leer, auch das Wohnzimmer. Ebenso findet er niemanden in der Küche vor. Nur eine noch glühende Zigarette in einem Aschenbecher.

»Hallo!«, ruft der Pizzabote. »Hier ist der Pizzabote!«

Ein Geräusch? Aus dem Keller? Hoffnungsfroh blickt der Pizzabote auf. Die steile Treppe in das Untergeschoß eilt er hinab, mit der linken Hand sich auf dem Geländer abstützend, mit der rechten den Pizzakarton balancierend.

Doch auch im Keller ist niemand, nur ein Dutzend vermoderter leerer Umzugsschachteln und in der Ecke eine leise glucksende Waschmaschine, in der helle Wäsche eingeschäumt wird. Da vernimmt der Pizzabote Gelächter von oben. Er hastet die Stiege hinauf. Doch noch immer sind Küche, Wohnzimmer und Vorraum leer.

Gelächter. Es muss aus dem obersten Stockwerk kommen.

»Hallo!«, ruft er. »Ich bin der Pizzabote!« Er geht die Stiege hoch und ruft es noch mal: »Hallo, ich bin der Pizzabote!«

»Ich bin hier«, antwortet eine weibliche Stimme. Der Pizzabote kann sie aber nicht verorten – zur gleichen Zeit ist ein Auto vorbeigefahren.

»Wo sind Sie?«, ruft er, doch er bekommt keine Antwort. »Ich bin der Pizzabote! Der Pizzabote!«, ruft er. »Ich bin der Pizzabote!«

Er findet das Badezimmer leer vor. Auch ein Arbeitszimmer ist leer, auch der Fitness-Raum, auch das WC. Näh- und Bastelraum: leer. Nur noch eine Tür, die er nicht geöffnet hat. Dahinter hört er wieder das Gelächter. Und was für sympathisches Gelächter! Es muss eine unfassbar mitfühlende Frau sein. Aus dem Lachen wird Keuchen, helles, stoßweise vorgebrachtes Keuchen, dazwischen honigsüßes Seufzen. Der Pizzabote schmunzelt. Er hat den Türknauf in der Hand, hält inne, bevor er ihn niederdrückt. Er stellt sich vor, wie er eine unbekleidete, lachende Blondine in einem Garten jagt und ihr herzhaft in die Brüste beißt. Er schüttelt die Fantasie ab und öffnet die Tür. So viel Fröhlichkeit in seinem Gesicht. Es ist das Schlafzimmer, das Bett ist nicht gemacht und das Zimmer ist leer. Aus dem offenen Fenster dringt beißender Benzingestank.

»Hallo? Ich bin der Pizzabote …«

Es ist jetzt Jahre her, da kam mir ein Zahn in Baxters Maul selbst für Hundeverhältnisse auffallend faulig und kaputt vor. Tippte ich mit meinem Finger dagegen, jaulte der arme Hund besonders hell. Ich machte mich mit ihm auf den Weg zu einem Tierarzt, einem jungen Mann, der mir von mehreren Seiten empfohlen worden war, nachdem mein voriger Tierarzt eine junge Thailänderin geheiratet hatte und zu ihr gezogen war.

Der neue Tierarzt trug eine blondierte Stoppelglatze und Ohrringe und strotzte vor Entscheidungskraft. Er verzog sogleich das Gesicht, als er in Baxters Maul blickte. Der Zahn müsse raus, das sei das größte Elend, das er je in einem Hundemund entdecken musste. Wir vereinbarten einen Termin, um Baxter den Zahn zu reißen. Diesen Zahn würde er dann dem zahntechnischen Labor schicken, und dort würde man ein Replikat aus Zahngold erstellen, das wir nach etwa zwei Monaten in Baxters Maul befestigen sollten, wenn der Kiefer sich genug gefestigt hätte, um ihn anzubohren. Beim ersten Termin wurde der Zahn mit Aufwendung sämtlicher Hebelwirkungen gerissen. Als er dann sauber gespült in einer Schale lag, wirkte er gar nicht mehr so übel.

Es sei nicht so, dass der Zahn kaputt gewesen wäre, sagte der Tierarzt nun, der Schmerz sei aufgrund einer unangenehmen Entzündung entstanden, die man mit Tabletten hätte behandeln können, aber er befinde sich auf Kriegsfuß mit der Pharmabranche, und Tatsache sei, dass Baxter mit diesem Zahn einfach schwach und unterwürfig gewirkt hätte und nie höchstmöglich erfüllt durchs Leben hätte gehen können. Ein Goldzahn wirke einfach *dope,* noch jedes Haustier, dem er einen Goldzahn verpasst hatte, wurde danach von Fremden als kompetenter eingeschätzt.

Bevor er Wochen später die Operation wieder rückgängig gemacht hatte – ich hatte ihm mit einer ausgewogenen Mischung aus Anwalt und Gewalt gedroht –, löste der junge Tierarzt seine Praxis auf und zog nach New York, um sich der Entourage eines weit entfernten Bekannten von Busta Rhymes anzuschließen – der junge Tierarzt verstand sich nämlich eigentlich als Rapper. Innerhalb eines Jahres schaffte er es, zwei Zeilen auf der B-Seite der neuen Platte eines aufsteigenden Gangsterrappers – Ragga D oder Ragga P, oder so ähnlich – vortragen zu dürfen, dann wurde dieser allerdings erschossen und die Spuren des Tierarzts verloren sich in Philadelphia. Zurück blieb eine große Lücke in Baxters Maul. Zu meinem Glück gelang es mir, mir diese über die Jahre hinweg schönzureden.

Von Zähnen handelt auch *Vagina Dentata*, dieses Gipfelwerk des *delayed disappointments*, einem Porno aus den frühen 90er Jahren.

Drei Zahnärzte besuchen einen Ärztekongress in Atlanta. Nach einem harten Tag voller Overhead-Folien, leise sprechender Langeweiler und unüberzeugender Anpreisungen neuer Zahnbohrtechnologien betrinken sich die Zahnärzte verzweifelt in einer Bar und versuchen einander durch Erzählungen ihrer sexuellsten Eskapaden aufzuheitern. Bevor sie so richtig zum Punkt kommen, werden sie von einer mysteriösen schwarzhaarigen Frau angesprochen, die ihnen allerhand erotische Abenteuer in Aussicht stellt. Sie hat das wilde Verlangen, es auf einem Zahnarztstuhl zu treiben. Schnurstracks geht es in die nächste Zahnarztpraxis – einer der drei kommt aus Atlanta –, wo die Frau ihr Geheimnis lüftet. Sie habe gelogen, es gäbe jetzt keinen Sex, es tue ihr leid, aber die Herren wären ja wohl sonst nicht mitgekommen. Es sei nämlich so: Die Frau sei im Besitz einer sogenannten

Vagina Dentata, also einer zahnbestückten Möse, das sei so weit nicht schlimm, meint sie, sie müsse eben nur aufpassen, dass sie ihre Geschlechtsverkehrspartner nicht versehentlich beißt, das passiere ihr auch wirklich nur selten, aber in letzter Zeit habe sie so schreckliche Zahnschmerzen, ob man da nicht was machen könne.

Die Herren besehen sich das Ganze, und ja, wirklich, da ist ein großes Loch im zweiten Zahn oben hinten, diese Gegend ist irgendwie schlecht geputzt, nicht so gut wie die anderen Zähne, die sind dafür wirklich vorbildlich geputzt. Der schlechte Zahn wird angebohrt und plombiert, vorne beim Schneidezahn ist auch eine Stelle, die sollte man beobachten. Die Frau solle morgen anrufen und sich einen Termin für einen Besuch in drei Monaten ausmachen. Zur Kontrolle. Man verabschiedet sich.

Aber warum eigentlich die enttäuschendsten Filme und nicht die schönsten, die erotischsten? Oder wenigstens die schlechtesten?

Dazu gibt es zwei Antworten: Die eine erzählt von der Wichtigkeit der Enttäuschung, der Chance, wenn in die Zukunft projizierte Ereignisse nicht eintreten oder anders eintreten oder genauso eintreten, aber nicht das erwartete Glücksgefühl hinterlassen. Es gibt so viele Arten, enttäuscht zu werden, so viele, zu enttäuschen. Ein Sexhengst, der im Laufe eines mehrwöchigen Drehs immer dicker wird; bildende Künstler, die sich an den verruchten Underground-Vibe des Pornos anhängen wollen und dann zu feige sind, den Weg durchzuhalten; schwierige Genies, die subversiv unter dem Deckmantel des Pornos komplizierte Themen anbringen wollen, die aber von noch subversiveren Produzenten mit nachträglich billig gedrehten und in den Film eingefügten Fickszenen ausgetrickst werden; hochbegabte Independent-Filmemacher, die daran scheitern, ihren kunstvollen Anspruch durchzusetzen, meistens deswegen, weil sie ihre Freundin in der Hauptrolle besetzen, die weder spielen noch eine Dialogzeile gänsehautfrei über die Lippen bringen kann und – was noch viel schlimmer ist – beim Ficken an sich jämmerlich versagt, zu laut schreit, zu dumm schweigt, theatralisch mit den Augen himmelwärts blickt, beim Küssen beißt oder Männern in falsch verstandener Zügellosigkeit in das Arschloch spuckt; Künstler, also, Künstler, meistens, immer wieder Künstler, die darin versagen, Trieb mit Theorie zu verbinden, aber eben auch unerklärbare 360°-Twists in der intendierten sexuellen Nischengruppe, fehlschlagende Gehaltsverhandlungen, die den Film ab der Hälfte sexfrei, ja manchmal sogar frei von Darsteller- und Darstellerinnen sein lässt; die Freundin des Produzenten, die vor der Kamera aufgrund der Einnahme von Anti-Depressiva nicht performen kann; der Freund der Pornoproduzentin, der nicht damit umgehen kann, dass er vom Objekt der Begierde zum plötzlichen Untertanen heruntergestuft wird und nun mit gänzlich anderen Launen und Tonalitäten seiner Liebhaberin konfrontiert wird, und deren herrische Ambition unterläuft, indem er während des Drehs beim Geschlechtsverkehr leise »Mein Tumor, mein Tumor, ich habe solche Schmerzen« wispert, aber so leise, dass es erst in der Nachbearbeitung zu hören sein wird.

Jedenfalls muss ein Film, der enttäuscht, zu Beginn immer interessant gewirkt haben. Man muss zugreifen gewollt haben. Wer sich von *Grimms Märchen für lüsterne Pärchen* etwas Tolles erwartet, dem kann ich auch nicht helfen – aber wer konnte ahnen, dass die Porno-Parodie des Romans *Das Kalkwerk* von Thomas Bernhard unter dem Titel *Das Kalksex* so missraten würde?

Die Wiener Künstlertruppe MonoRot wollte eine Sexkomödien-Version dieses trostlosen Leckerbissens filmen, an einem Wochenende in einem stillgelegten Gasthaus in Oberösterreich. Um sich zu lockern, schnupften sie zahlreiche Drogen, aber sie wurden nicht locker, die Scham, sich voreinander auszuziehen, war größer als gedacht, es fehlte ihnen einfach am exhibitionistischen Drang der 68er, so dunkelten sie alles ab, hüllten sich in lange Nachthemden, nahmen noch mehr Drogen, stärkere Drogen, ruinierten die feinziselierten Texte durch zombieartiges Lallen und schliefen prompt auf dem Weg zur Penetration auf dem versifften Sofa ein, wegen des vielen Heroins.

Die zweite Antwort: habe ich vergessen.

Ok, denken Sie jetzt, ich verstehe das mit der Enttäuschung, aber wo bleibt der Sex? So eine Sexkolumne braucht doch auch

Sex! Dann will ich mich nicht wegducken, ich habe ja schließlich einen Ruf zu verlieren, und erzähle davon, als ich das letzte Mal fickte.

Es war vor ein paar Wochen, als ich mich in einer Absinth-Bar im zweiten Bezirk mit meinem Freund, dem Kulturphilosophen Franz Sebastian Scheck, wegen irgendeiner Lächerlichkeit (Stanley Kubrick?), an die ich mich nicht einmal mehr richtig erinnern kann (Shelley Duvall?), mittel-übel zerstritt und frühzeitig das Lokal verließ. Auf dem Nachhauseweg roch ich an einem Blumentopf, um meinen Ärger wegzuschnuppern und wurde dabei so geil, dass mir die Tränen in die Augen traten. Freudig streckte ich die Arme aus und lief ins Puff. Dabei schürfte ich mit meinem rechten Handrücken scharf an einer Hauswand. Als ich im Puff ankam, war ich bleich geworden, aus meiner Wunde rollte das Blut. Zwei Freudenmädchen verbanden mir die Hand. Ich muss schrecklich ausgesehen haben, sie schüttelten mit düsterer Miene ihre Köpfe, man reichte mir ein großes Glas Schnaps. Im Zimmer mit Bianca fühlte ich mich unwohl, der Schnaps war eine schlechte Idee gewesen. Als ich in sie eindringen wollte, schlug ich mir den Kopf an der Bettkante an. Ein schmerzliches Ungeschick, aber ich machte weiter. Doch all das Stoßen und der feinduftende Sexschweiß halfen nichts. Ich hatte mich ins Dunkle gesoffen. Meine Sicht der Dinge wurde umschlungen von dröhnenden Beulenschmerzen, dann von einer banalen tieftraurigen Besoffenheit. Mir war, als sähe ich Biancas Gesicht zum ersten Mal richtig. Ihre Augen waren geschlossen, die Augenlider verklebt von Zwiebeln und Schminke, ihre Nase zerkratzt, ihre Zähne rochen nach Zigaretten, ihre Zunge krümmte sich im Schatten.

Am nächsten Tag erwachte ich verkatert, trostloses Licht strahlte in den Raum. Bianca war schon gegangen, auf dem Nachtkästchen lag ein Zettel mit einer kargen Grußbotschaft von ihr.

Pretty Girl Masturbates To Orgasm (youporn, 2013)

Neulich stieß ich im Internet auf ein Pornovideo, das mir Besorgnis bereitete.

Eine junge Frau, Anfang 20, sitzt auf einem Sofa und krault sich zeitlupenhaft die Schamlippen. Ihr Gesicht glüht, eine reizvolle Mischung aus Verzückung und Scham. Der Clip verläuft eine Zeit lang erwartungsgemäß zwischen erhitzten Wangen und schnelleren Kreisbewegungen, bis plötzlich ein raues Klingeln das kaum vernehmbare Stöhnen und Maunzen unterbricht. Das Kreisen stoppt und die Finger bewegen sich von der nassen Klitoris zur Handytastatur. Die junge Frau spricht polnisch. Ihr Vater ist dran mit einer schrecklichen Mitteilung. Mutter ist tot. Die näheren Umstände werden nicht klar. Man hört ja nur ihre Antworten und nicht die Erzählung des Vaters. Das Telefonat dauert jedenfalls lange qualvolle Minuten. Kein Schnitt, kein Fade out erbarmt sich und beendet die erkaltete Szenerie. Auch nach dem Gespräch endet der Film nicht gleich, sondern erst eine Viertelstunde später, während der man das Schluchzen der Frau, die ins Off gewandert ist, vernehmen kann, genauso leise wie eben noch ihr Stöhnen.

Als der Film zu Ende war, blieb ich verwirrt zurück. Gab es da niemanden, der kontrollierte, was alles online gestellt wurde – sich die Filme vorab besah? Wie konnte so etwas passieren?

In dieser Nacht ging ich mit einer bleichen Laune zu Bett. Lange starrte ich an die Zimmerdecke und dachte, dass es aber tatsächlich so ist, dass man meistens am Telefon vom Tod der Mutter erfährt und nicht etwa durch Zurufe beim Verlassen eines Lichtspielmuseums oder, wie in meinem Fall, durch ein Telegramm des Ratsgremiums einer Kommune im Waldviertel.

Christine – Entweihung im Sommer (Frankreich, 1984)

Christine, ein 20-jähriges Mädchen aus gutem Pariser Hause, besucht ihren Onkel in der italienischen Schweiz. Sie soll einen Sommer lang auf dessen Pferdefarm aushelfen und dabei Italienisch lernen. Außerdem plant Christine – das hat sie ihren Eltern aber nicht auf die Nase gebunden –, ihre Unschuld zu verlieren und das Leben zu genießen, fernab der strengen Wertvorstellungen ihrer Familie. Doch der Onkel ist hochverschuldet und impotent. Auch die wenigen aus Loyalität verbliebenen Knechte und Mägde sind alle impotent. Sex ist nichts anderes als ein unwillkommener Gedanke an eine schönere Zeit. Begegnen sich Mägde auf dem engen Flur und streift dabei versehentlich eine Hand den Hintern einer anderen, dann verdüstert sich der Blick der Berührten. Sie erstarrt und blickt zu Boden, auf dem sich lichte Staubbälle tummeln. Die Augenbrauen beben. Die Unterlippe wird gekaut. Eine Tür öffnet sich im Untergeschoß, die Staubbällchen wirbeln davon, die Magd seufzt und macht sich wieder an die Arbeit.

Als Christine nach dem Sommer wieder zu ihren Eltern zieht, ist auch sie impotent geworden.

Der Suppenmeister (Japan, 1976)

Ein erotischer Zeichentrickfilm des Regisseurs Yoshiyuki Yamamoto, nach Motiven des populären Zeichners Hokusai Toba.

Hinter vorgehaltener Hand spricht man bewundernd von den Suppen des Suppenmeisters. Der Geruch seiner Suppen ähnele nämlich einem gewissen Frauenduft, der schon viel Applaus und lobende Worte in der Menschheitsgeschichte über sich ergehen lassen musste. Die Männer nippen an der köstlichen Suppe, es ist strengstens verboten, sie zu löffeln. Während man an der Suppe nippt und schlürft, wirft sie sich in Wogen der Ekstase an den Rand der Schüssel. Wenn die Wellen an das Porzellan schlagen, vermeint der Schlürfende ein sehnsüchtiges Stöhnen zu hören. Im kräuselnden Schaum der Suppe bilden sich wunderschöne Formen, die die Fantasie anregen. Eine Knospe, ein Frauenbein, eine schaudernde Kirschblüte. Bald schon ist der ganze Ort suppensüchtig. Der Ruf der Suppen geht weit über die Grenzen des Dorfes hinaus. Ein benachbarter Fürst hört von den strengen Verboten des Suppenmeisters und fühlt sich angespornt. Seit seiner frühesten Jugend ist es ihm unmöglich, sich an Verbote zu halten. Sieht er ein Verbot, muss er gleich zuwiderhandeln. Wäre er nicht Fürst, wäre ihm dies niemals möglich, aber er ist nun einmal Fürst. Er lässt die Pferde satteln und macht sich mit seinen Männern auf den Weg zur sagenumwobenen Suppe. Die Dorfbewohner, die ob seines anarchistischen Charakterzugs genau Bescheid wissen, inszenieren allerhand Listigkeiten, um den Fürsten vom Dorf abzuhalten. Doch keine soll klappen.

Der Fürst kommt in das Dorf und löffelt laut klappernd die Suppe. Triumphierend ruft er aus: »Klapperdiklapp!«, und weiter:

»Klapperdiklapp!« Immer wieder schlägt er den Löffel an den Rand der Suppenschüssel und ruft: »Klapperdiklapperdiklapp!«, bis er sich die Hose heruntergezogen hat und sein halb schlaffes, halb interessiertes Ding in die Suppe hängt. Der Suppenmeister bekommt es gar nicht mehr mit, längst ist er schimpfend weitergezogen. »Dann werden die verfluchten Suppen eben nicht erlöst«, sagt er und verschwindet mit seinem Maultier, den Kochtöpfen, Pfannen, Pulvern und Kräutern in einen grünlichen Nebel.

Unlängst brachte mir mein Freund Franz Sebastian Scheck ein seltenes Juwel mit, wohl auch als Entschuldigung, weil er vor Wochen geglaubt hatte, mich würgen zu müssen, um die Ehre von Shelley Duvall zu verteidigen.

Als er bei einem Symposium in Heidelberg sprechen sollte, entdeckte er im Hotelzimmer auf dem Pornokanal eine selten gezeigte erotische Delikatesse, *Das Schloss des Affen*, den letzten Film des leninistischen Filmregisseurs Watobek Kaczmarek. Franz filmte den Fernseher mit seinem Handy ab und überbrachte mir den Film auf einem USB-Stick.

Der Film, eine lange Zeit verbotene, wüste philosophisch-pornografische Abhandlung über die Geschlechterverhandlungen zwischen Mensch und Tier, wird seinem Ruf durchaus gerecht. Nach einer zähen Durststrecke zu Beginn wurde bald in durchaus akzeptablen Abständen mal in der einen, mal in der anderen Konstellation gefickt. Gerade aber als der Film so richtig Fahrt aufnehmen wollte, stieß mein Freund gegen das Handy, unabsichtlich, ohne es zu bemerken, und veränderte den Blickwinkel auf drastische Weise. Denn anstelle des Fernsehbildschirms sah ich nun Franz, wie er sich in seinem Hotelzimmer die Zeit vertrieb. Nur mit einem Unterhemd bekleidet, saß er auf seinem Bett und schrieb hektisch Notizen in sein Moleskine, schrieb sich geradezu in einen Rausch. Immer lauter krächzte sein Stift über das Papier. Je schneller er schrieb, desto verärgerter wurde sein Gesichtsausdruck. Schließlich offenbarte er eine gleichermaßen wütende, wie auch von tiefer Trauer verzerrte Fratze. Er riss bebend die letzten Seiten aus dem Notizbuch, zerfetzte sie in kleine Stücke, öffnete das Fenster und warf sie in die Dämmerung. Er rief den zerfetzten Notizen etwas hinterher, was, konnte ich beim besten Willen nicht sagen, seine Stimme war zu verheult.

How Clowns Die (USA, 1999)

How Clowns Die – Wie Clowns heute sterben ist kein reiner Sexfilm, aber ein interessantes Nebenwerk des sonstigen Porno-Meisterregisseurs Swing La Haven.

In 45 sperrigen Kurzfilmen werden Clown-Darsteller am Ende ihres Lebenswegs gezeigt. Ein Clown ordert in einem Burger King ein Grillhuhn und gerät in eine Auseinandersetzung mit dem Personal, wobei er sich so in Rage brüllt, dass er einen Herzinfarkt bekommt. Ein alter Mann entschlummert friedlich im Zug. In Ägypten hat ein Clown Spielschulden und wird erstochen. Ein dicker rauchender Clown hustet, fällt um und steht nicht mehr auf. Ein Clown wird von einem Löwen angefallen und verspeist – doch halt!, das wünscht er sich nur. In Wirklichkeit liegt er mit einem schäbigen Zirkusdirektor im Bett und träumt von einem glorreichen Tod in der Manege. Später wird er sich mit Benzin überschütten, sich anzünden und dabei versuchen, seine Ex-Geliebte zu umarmen und selbstverfasste Gedichte zu proklamieren. Doch die Zunge wird als Erste brennen und niemand wird seine Gedichte verstehen. In einer kalten Winternacht startet ein Mann sein Auto und sinkt mit einem schweren Seufzer zurück auf die Nackenstütze. Ein Streit zwischen zwei Clowninnen, der eskaliert, aus Hupen werden Messer, die Bühne färbt sich rot. Diverse statische, langatmige Szenen im Krankenhaus. Ein vor vielen Zeiten berühmter Kinderclown liegt im Sterbezimmer. Als finanzielle Probleme dazukommen, weint er mehrere Tage, er kann nicht mehr aufhören, ein Beben und Seufzen, ein lang gezogenes Geheul, bis er entkräftet zu Boden fällt.

Manche halten diesen Film für eine bittere Abrechnung mit

der Porno-Industrie. Swing La Haven, der unter dem ökonomischen Druck der Sexindustrie gelitten hat wie kein Zweiter, wollte eine Kakophonie auf ermattete Lebenswege inszenieren, »Thank fuck to all«, »Smell my Zerrissenheit« usw., doch warum er dies ausgerechnet mit dem Geld von Fairlight Productions, einer der größten Porno-Filmproduktionsfirmen von Silicon Valley, machen wollte, bleibt ein Rätsel. Es war doch klar, wie das enden musste, gegen La Havens Willen wurden Szenen nachgedreht, und so wird der an sich berührende Film mit absurden Bums-Szenen durchflickt, die mit dem Rest außer ein paar Clownnasen wenig gemein haben.

Schnee und Frau (Kirgisien, 1995)

»Schnee und Frau« ist *der* Erotik-Klassiker Kirgisiens, was viel über die Erotik-Industrie Kirgisiens aussagt.

Ein Mädchen, Madina, wird zur Frau, zu einer bildhübschen Frau. Ihr Vater setzt ihr ein Ultimatum. Ein schwerer Winter ist angebrochen – in drei Wochen muss sie heiraten und das kleine Familienhaus verlassen. Zu groß ist die Armut, als dass ein erwachsen gewordenes Mädchen noch länger durchgefüttert werden kann. Vier Männer des Dorfs stehen zur Auswahl. Madina will auf Nummer sicher gehen. Heimlich beobachtet sie in der Nacht die Männer, wenn sie nackt sind. Obzwar ihr der eine oder andere Körper durchaus gefällt, offenbaren sich beim Spionieren durch die Fenster fürchterliche Wesensmängel – die Männer sind entweder dumm oder geizig, oder dumm und geizig. Madina flüchtet in den Wald und weint. Dort baut sie sich den idealen Mann aus Schnee. Jede Nacht schleicht sie aus dem Haus und erzählt dem Schneemann ihre Sorgen. Da der Schneemann so gut zuhören kann, fühlt sie sich schon bald zu ihm hingezogen. Eine sinnliche Bewegung hier, ein zärtlicher Kuss da – bald schon treibt es die Frau mit dem Schneemann ziemlich bunt. Die Äste des Waldes stöhnen, wenn sich Madina den Eisschwanz des Schneemanns in ihre Möse schmeißt. Der Schneemann wird zu ihrem Prinzen, ihrem Geliebten. Sie weiß: Nie wird sie einen der vier dummen Männer aus dem Dorf erwählen. Ihr bleibt nur der Freitod. Sie wird das Haus ihres Vaters verlassen und im kalten Winter den sicheren Tod finden. Und so zieht sich eine traurige Atmosphäre über die angestrengten Sexbemühungen der jungen Frau. Sie genießt ihre letzten Tage. Was sie nicht weiß – kaum zieht sie in der Nacht davon, um in einem Bett mit ihren drei Geschwistern einzuschlafen, stapft der Schneemann täglich ins Dorf, wo er eine freudlose Fickerei nach der anderen abzieht. Der Schneemann ist untreu, kann sein Eis nicht im Zaum halten. Mürrisch nimmt er sich die Frauen des Dorfes vor. Deren Begeisterung wird sicher durch dessen Technik ausgelöst und nicht durch den Charakter des Schneemanns. Er ist ein garstiger Despot, verhaut den Weibern den Arsch und spuckt nasse Zigarettenstummel in ihre Betten.

Die Skelette zogen nicht ihre Säbel. Sie waren nicht am Kämpfen, sie hatten auch keine Rüschenhemden an. Gar nichts hatten sie an. In einer Baracke trafen sie sich, stellten ihre Aktentaschen ab und begannen mit dem Ficken. Vertrocknete Zeitungsseiten wurden aufgewirbelt, die Skelette besorgten es sich auf dem Boden, und die gilben Schnipsel schwebten durch das flirrende Licht. So schnell es begonnen hatte, so schnell war es wieder vorbei.

Nicht, dass dieser kurze Film, den ich durch Zufall auf *Pornhub* entdeckte, an sich so enttäuschend war – im Gegenteil, er geilte mich leidlich auf, filmisch war er eine Offenbarung! –, enttäuschend war vielmehr die Tatsache, dass ich ihn nicht mehr wiederfinden konnte. Obwohl ich den Link sofort speicherte und sogar in mein Notizbuch übertrug, war er schon am nächsten Tag deaktiviert. Sosehr ich auch die üblichen Plattformen durchsuchte, ich konnte ihn nicht mehr finden. Mir wurde kalt, bang im Leibe. Der Schweiß fiel mir auf die Tastatur, während ich, dem Kopfinfarkt nahe, das Internet durchsuchte, aber wie oft kann man die Wörter »Skelette« und »fickende« in Pornosuchmaschinen dieser Welt kombinieren, bevor man sich eingestehen muss, dass ebendieses Video für immer gelöscht wurde, dass ich dieses Fundstück vielleicht nie mehr wiederfinden würde? Dieser helle Moment für immer in die knistrigen Falten meines Gehirns verbannt.

Aber der Film ließ mich nicht los. Auf eine seltsame Art fühlte ich mich persönlich beleidigt. Da wurde das Internet von vorne und hinten überwacht, abgesaugt, alles, was wir taten, was wir waren, wurde auf Festplatten gespeichert, wir waren zu durchsichtigen Narren gemacht worden, jedes Wort, das wir digital geäußert hatten, konnte zurückkommen, um uns zu beschämen, und dann konnten wir eine wunderbare kleine Petitesse über zwei Skelette, die sich gegenseitig die höchste Sinnlichkeit schenkten, nach nur zwei Tagen völlig aus den Augen verlieren wie ein Butterbrot in einer Aktentasche.

Aber noch hatte ich nicht aufgegeben. Ich hatte noch einen Trumpf. Jemanden, der mehr über Sex wusste, als DuckDuckGo und Yahoo zusammen, meinen ehemaligen Videothekar Vladosch. Bis etwa 2002 hat er im 16. Bezirk eine Special-Interest-Videothek geleitet. Im Erdgeschoß gab es eine ansehnliche Sammlung von Arthouse- und Splatterfilmen, aber der wahre Schatz war seine umfangreiche Sexfilm-Sammlung, die sich über mehrere Kellergewölbe erstreckte. Es war jene Sammlung, die ich ihm später abkaufen sollte, als seine Geschäfte schlecht liefen. Eine unglücklich verlaufende Scheidung – seine Frau verließ ihn für seinen Bruder – kam dazu, und schon war ich zu seinem letzten Ausweg geworden. Als ich mit dem Lieferwagen kam, um mir die Filme abzuholen, zitterte er. Viele Jahre lang hatten wir uns beinahe täglich angeregt in seiner Videothek unterhalten, aber nach dem Verkauf konnte er mir nicht mehr in die Augen sehen. Er wechselte die Straße, wenn ich ihm entgegenkam, in Kneipen zog er sich in den Schatten zurück. Ich war eine Erinnerung an einen Schmerz, über den er nicht hinwegkommen konnte. Gut, nun war viel Wasser den Fluss hinuntergeronnen, er war in der Zwischenzeit nach Venedig gezogen, wo er ausgerechnet bei einem Bootsverleih, den sein Bruder betrieb, arbeitete. Er hatte seinem Bruder nie verziehen, war aber an einem Punkt seines Lebens angekommen, an dem er keine andere Wahl mehr hatte. Der Bruder, zermürbt von jahrelangen Schuldgefühlen – schon Jahre vor der Scheidung hatte er die Frau des Bruders recht bunt gevögelt –, konnte Vladosch den Wunsch nach einer fixen Anstellung nicht abschlagen, obwohl ihn Vladoschs Exfrau zuhause mit Kanonaden des Missmuts überhäufte.

Aber all das habe ich vor Jahren erzählt bekommen, vielleicht hat sich zwischen den Brüdern mittlerweile das meiste eingerenkt. Vielleicht war die Stimmung am Arbeitsplatz versöhnlich, abends kochten sie gemeinsam Pasta, und Vladosch und seine neue Lebensgefährtin wuschen ab. Vielleicht würde sich Vladosch sogar freuen, mich nach all den Jahren wieder zu hören. Vielleicht, vielleicht, vielleicht.

Die Nummer, die ich von ihm hatte, existierte nicht mehr. Er stand nicht im venezianischen Telefonbuch. Letztendlich konnte ich die Nummer des Bootsverleihs herausfinden. Luigi, ein ehemaliger Vorarbeiter, der den Betrieb übernommen hatte, hob ab. Er hatte schlechte Nachrichten. Beide Brüder waren verstorben. Vladosch war im letzten Winter betrunken aus einer Bar gekommen, er hatte Nasenbluten, der Wohnungsschlüssel war seinen vor Kälte zitternden Fingern wohl entglitten und in den Kanal gefallen, er konnte die eigene Haustür nicht aufsperren und erfror in der Nacht auf einer Brücke. Beim Begräbnis wurde sein Bruder von einem auf dem Friedhof herumstreunenden Fuchs gebissen, er holte sich die Tollwut, die ihm so schwere Leberschäden zufügte, dass er innerhalb von vier Monaten ebenfalls verstarb. Die Szene mit den Skeletten könnte aus einem Demo-Reel stammen, das man für ein Remake des französischen Heavy-Metal–Rip-Offs *Blood and Fire* angefertigt hat, um Investoren für die Finanzierung des Films zu ködern, dies allerdings vergeblich, meinte Luigi, und genauso war es.

Schach in 29 Ficken (Großbritannien, 1998)

In den späten 90er Jahren gelang dem queeren Künstlerkollektiv *Gentle Friends* ein nicht uninteressanter Wurf. Nachdem sie auf ihren Ausstellungen immer wieder erfolgreich kurze experimentelle Spielfilme gezeigt hatten, in denen Menschenfresserei mit homosexuellen Akten gemischt wurde, drehten sie 1998 einen beinahe schnörkellosen Schwulenporno mit dem Titel *Schach in 29 Ficken*.

Es handelt sich dabei um eine Verfilmung der legendären Schachpartie von Joël Lautier und Garri Kasparow, in dem Lautier den amtierenden Weltmeister in – erraten! – 29 Zügen schachmatt setzte. Von den beiden Schachspielern wird aber nichts gezeigt, der Film bildet allein das Brett und die Figuren ab. Alle Schachfiguren werden von muskulösen Gayboys in opulenten Kostümen als Königin, Läufer, Bauer usw. dargestellt. Diese Boys stehen in Wartehaltung auf dem schwarz-weiß gemusterten Brett und werfen einander provozierende, lüsterne Blicke zu. Dann wird der Spielzug eingeblendet – weiße Schrift auf schwarzem Hintergrund – und ist jeweils eine Minute lang sichtbar. Anschließend vollziehen die Figuren auf dem Brett die entsprechenden Züge. Jedes Mal, wenn eine Figur eine andere vom Brett fegt, ficken die zwei Darsteller miteinander. Die geschlagene Figur wird dabei so lange penetriert, gelutscht oder abgewichst, bis sie ohnmächtig wird und vom Sieger vom Brett gezogen. Ein interessantes Experiment, das aber aufgrund von in der Kunstwelt nicht unbekannten Charakterzügen der Inkonsequenz und Gedankenfaulheit scheitert. Beim Zug 11 zieht der weiße Turm nicht von b2 nach b4, wie in der legendären Partie, sondern nach b6. Ein ärgerlicher Fehler, für den es überhaupt keinen Grund gibt. Welcher schachspielende Schwule, der auf sich hält, soll da bitte einen hochbekommen?

Die Gitti-Reihe:
Freikörperkultur-Reportage
Gittis Nudistenkollektiv
Gitti und ihre Schwestern
Sex-Gitti
Sex-Gitti 2
Sex-Gitti 3: Grilletta, Bier und Sex mit Gitti
Gitti auf Achse
Gitti auf Achse 2: Nackte Wanderjahre
Gitti auf Achse 3: Gitti macht's Schwanheide
Grilleta, Bier und Sex mit Gitti 2: Mehr Sex mit Gitti
(DDR, 1983–1986)

Als ich mir den letzten Teil der berüchtigten *Gitti*-Reihe ansah, dachte ich: Was rege ich mich eigentlich so auf? Die Filme sind doch nicht schlecht. Die Beleuchtung ist gut, die Story ganz ordentlich, die Schauspieler geben sich größte Mühe – sprechen sie, muss man das eine oder andere Auge zudrücken, aber ficken, das können sie, wenn sie ficken, reißt man die Augen sogleich wieder auf, es ist eine herrlich unverkrampfte Art, eine Lässigkeit in der Fickerei, dass man neidisch werden könnte – und auch die Stimmung am Set scheint hervorragend gewesen zu sein, denn die Frauen haben lang gestreckte echte Orgasmen, die sie zitternd und kichernd zurücklassen. Wie oft kann man so etwas schon in einem Film sehen?

Und doch onanierte und ächzte ich damals zu diesen Filmen im Glauben, es handle sich bei den Gitti-Filmen um die ersten offiziellen Porno-Produktionen der DDR. Dass es den oberen Entscheidungsträgern irgendwann zu bunt wurde mit dem Vorwurf, der Kommunismus könne alles, nur dass das Volk auch gut gefickt wird, das würden sie irgendwie nicht hinkriegen. Wie sehr mich der Gedanke erregte, dass jede Einstellung, jede feuchte Nahaufnahme zuerst in einem Gremium voll alter Männer in Uniformen bestimmt worden war. Ich konnte mir vorstellen, wie die ergrauten beleibten Männer in ihren Uniformen und unter ihren übergroßen Schirmkappen nach der Sitzung in der Broilerbar noch angeregt weiterdiskutierten, wie denn die Arbeit an einer pornografischen Volksproduktion in das kommunistische System ideologisch einzubauen sei, und ob es für das Volk besser sei, einen Mann mit riesenhaftem Schwanz (weil aufgeilender) oder mit einem normal großen Schwanz (weil weniger am Selbstbewusstsein kratzend) zu sehen, desgleichen die Frage ob große Brüste, kleine Brüste, weich oder fest, rund oder baumelnd, et cetera, et cetera, dies alles während der gute Saft des gegrillten Hähnchens über das Kinn triefte, die Orden im Lichte einer deutschen demokratischen Dämmerung glitzerten. Und dann kam der Professor, ein untersetzter Mann mit enger Brille, herbeigelaufen, jubilierend mit Dokumenten wedelnd, er habe endlich eine Antwort aus Moskau, und die Antwort heiße: Es müssen kleine Penisse und weiche, große, nicht zu schön geformte Brüste sein.

Wie sehr mich diese Vorstellung auf einer weiteren gedanklichen Ebene beim Zusehen dieser rauen ostdeutschen Geficke onanistisch befeuerte – und doch war alles eine Lüge! Eine gut verschleierte PR-Maßnahme. Gedreht wurden diese Filme in Wirklichkeit vom Hamburger Pornoproduzenten Hubsi Schneider, diesem verschwitzten Fettsack.

Der Teufel mit den vielen Schwänzen (Italien, 1987)

Giovanni, ein Produktmanager in einer Schokoladenfabrik, hat viele Schwänze (wobei viel es nicht wirklich trifft, es sind siebzehn, was wohl eine stattliche Anzahl an Schwänzen ist, die man haben kann, aber bei einem solchen Filmtitel denkt man bei *viel* doch eher an *wirklich viel*, siebzig Schwänze, hundertsiebzig Schwänze oder sechstausend Schwänze, warum nicht?). Er ist der Nächste in einer langen Reihe der Nachkommenschaft des Leibhaftigen, des Teufels, Satans, des großen Durcheinanderwerfers.

Giovannis Nachkommenschaft äußert sich u.a. in zwei riesigen Hörnern, die er unter einem Zylinder verstecken muss, und eben seinen siebzehn Schwänzen, komplett mit Hodensäcken, die rings um seine Körpermitte angesiedelt sind. Um die Apokalypse zu vermeiden, das lasse man sich auf der Zunge zergehen, muss er die siebzehn verdorbensten Frauenspersonen in einer Orgie zum synchronen Orgasmus bringen. Kommt es noch besser? Das hängt davon ab, wie gerne Sie einer Forschungsabteilung beim Entwickeln zusehen, denn um die siebzehn verdorbensten Frauen des Planeten anzulocken – die tragen ja schließlich kein Schild um den Hals –, will er eine Schokolade entwickeln, mit einem so eigenartigen Geschmack, den nur jemand gut finden kann, der wirklich das Abenteuerlichste hinter sich hat. Es ist ein Mischung aus Penis, Blut und – hier wird es gefinkelt – einem Aroma, das einen glauben lässt, den eigenen Analsaft zu schmecken.

Doch der Teufel bekommt die richtige Rezeptur nicht hin. Jahrelang forscht er in seinem Labor – nichts von dem, was er sich vorgenommen hat, kann er umsetzen. Er verliebt sich in eine Labor-Assistentin, aber diese ziert sich, lässt ihn jahrelang abblitzen und als sie sich endlich erbarmt, ist der Teufel impotent geworden. Kraftlos hängen seine siebzehn Schwänze an ihm herab.

»Nicht *einen* Schwanz, den du für mich steif machen kannst.«

»Wir sind zu spät dran, Louisa!«

Der Schokoladengeschmack wird nicht rechtzeitig fertig, die Apokalypse kommt, budgetbewusst dargestellt durch eine Wohnungstür, durch deren Ritzen gelber Rauch dringt. Dahinter die Schreie einer Frau, die verspeist wird.

Jedes Mal, wenn ich mir diesen Film ansehe, muss ich an Maga denken, sie war die bis heute letzte fixe Freundin von Franz. Sie war eine runde junge Dame, die sich ihre feuerroten Haare bitterschwarz färbte, ihre Lippen mit einem umgedrehten Kreuz piercte, und sich als Hexe bezeichnete. Maga stellte einen Wendepunkt in Franz' Leben dar. Vor ihr hatte er mit einer Reihe von jungen Damen verkehrt, ihre Mikro-Beziehungen reichten von einer kurzen Nacht bis zu drei Wochen, je nachdem wie lange es sich die Frauen gefallen ließen, pausenlos von Franz erzogen zu werden. Mit dem Niedergang seines Erfolgs und – noch viel wichtiger – seiner Figur wurden die Auftritte dieser Art von jungen Damen immer seltener in seinem Leben. Franz versuchte sich eine Zeit lang an reiferen Damen – so bezeichnete er Frauen, die ebenso alt waren wie er –, aber was immer er ihnen zu bieten hatte, die Damen konnten gut darauf verzichten, selten bekam er mehr als ein höfliches Gelächter zu hören, und wenn es ihm das eine oder andere Mal doch gelang, durch Betteln und Wehklagen zum Zug zu kommen, wurde er nach wenigen Tagen auf eine Anrufbeantworter-Freundschaft herabgestuft und in den Fällen, in denen es Franz auch damit übertrieb, waren es bald nur noch trocken tutende Leerzeichen, die Franz anschmachten konnte.

Dann war mit Maga ein gewisser Höhepunkt amouröser Verzweiflung eingetreten. Nach einer völlig außer Kontrolle geratenen Vernissage war Franz unter einer Installation von Tone Fink eingeschlafen. Maga hievte ihn hoch und brachte ihn sicher in sein Kleingartenvereinshaus, aus dem auszuziehen sie sich fortan einfach weigerte.

Nach mehreren Wochen gab Franz auf und fügte sich in die Beziehung, die hauptsächlich daraus bestand, dass Maga etwas, das Franz gerne mochte, verbot, woraufhin er es trotzdem machte und Maga in der Küche Vogelnester verbrannte. Nach einem Jahr verschwand sie unangekündigt von einem Tag auf den anderen. Nicht dass es Franz an Einsatz mangelte, sie wieder zu finden, aber ihr Telefon war abgedreht und ihre Freunde wussten nichts oder waren beschwört worden, eisern zu schweigen. Jahre später hörte ich von ihr in den Nachrichten. Jünger des Bandleaders einer norwegischen satanistischen Metal-Band hatten diesen nach einem Konzert gekocht und verspeist. Das Rezept dazu war von Maga im Internet recherchiert worden. Sie hatte sich, wie man hörte, allergrößte Mühe gegeben, den dürren Unsympathen mit einer schmackhaften Sauce bekömmlich zu machen. Dafür wurde sie in Norwegen zu einer Gefängnisstrafe von ein paar Monaten verurteilt, die sie aufgrund von uneinsichtigem Verhalten auch zur Gänze absitzen musste.

Nach Maga hatte Franz gar keine Freundin mehr. Er versuchte es ein paar Mal in meinen Fußstapfen und besuchte Bordelle, aber auch das scheiterte schnell, diesmal an der Tatsache eines länderübergreifenden Hausverbots, nachdem Franz zu oft versucht hatte davonzurennen, ohne zu zahlen.

Die Ehe von Berta und Gabriel liegt in Trümmern. Zu jung haben sie geheiratet, zu früh haben sie sich auseinandergelebt. Zu Kindern ist es bisher nicht gekommen, also beschließen sie einen letzten waghalsigen Versuch, ihre Ehe zu retten. Drei Jahre lang wollen sie mit anderen Leuten ficken und sich dann im Kurhotel für Lungenkranke, wo sie sich einst kennenlernten, wieder treffen, um zu sehen, ob ihre Liebe erneut aufflammen wird, wenn die Verzweiflung der eingesperrten Lust durch das viele Ficken anderer gelöscht wurde.

Während Gabriel bald einen neuen Geschlechtspartner findet – Olga, eine Kaufhausdetektivin, die ihm Narben ins Gesicht peitscht –, findet Berta nicht mehr zurück in den Alltag der Verabredungen und Verwandtschaftskuppeleien. Lieber liest sie spröde Lyrik, sie verträgt Wärme nicht und dreht in den Wintermonaten die Heizung immer weiter herunter, bis sie auf null steht und von Olga letztendlich händisch abmontiert wird. Nur noch ins Leere gehende Rohre zeugen von der ehemaligen Heizungsanlage. Sie nimmt ab, bekommt Kopfschmerzen, erst nur abends, schließlich unentwegt, in diesen leeren Jahren, während – man muss es so deutlich sagen – ihr Ehemann Gabriel seiner neuen Bekanntschaft ohne Unterlass in den Arsch spritzt. Berta hat zu stottern begonnen. Sie ist es einfach nicht mehr gewöhnt, ihren Mund zum Sprechen zu benutzen.

Schließlich ist es so weit. Die drei Jahre sind vergangen. Sie fährt mit der Bahn ins Kurhotel, aus dem in der Zwischenzeit eine heruntergekommene Destination für Sexfetischisten geworden ist. Eine Orgie ist an jenem Tag im Gang, wie auch an vielen anderen Tagen. Als sich Berta durch die vielen nackten Körper bewegt, auf der Suche nach Gabriel, der diese Abmachung vermutlich schon in der Sekunde vergessen hat, als er aus dem gemeinsamen Haushalt ausgezogen ist, überkommt sie ein Gedanke. Dass es nur das Licht ist, das sie noch sehen, nur der Schall ist, den sie noch hören kann. Licht und Schall, die durch den Raum reisen, während all diese Körper in ihrer dampfenden Hitze, mit all dem Pumpen und Stöhnen schon längst das Hotel verlassen haben, möglicherweise längst gestorben, verendet und vergessen sind. Geister.

Die List des Scheidungsanwalts (Deutschland, 1988)

Das Genre der Bad-Marriage-Pornos kam Ende der 80er Jahre so richtig in Schwung. Dieter Pflegherr, der Regisseur von *Uh! Die Orgie* legte '88 mit einem weiteren Film nach: *Die List des Scheidungsanwalts.*

Paare, die in seiner Kanzlei erscheinen, werden von einem Scheidungsanwalt hypnotisiert. Sie sollen sich an ihre gelungensten Ficks erinnern und dem Anwalt davon erzählen. Im Anschluss fickt der Anwalt die Paare in alle zur Verfügung stehenden Löcher. Als der Anwalt das dritte Pärchen mit einer übergroßen, sich drehenden Spirale hypnotisierte, geriet ich unerwartet in Trance und musste an meine zwei Scheidungen denken. Meine erste Frau, Graziella, war die Übersetzerin meines ersten Büchleins, einer Sammlung von Essays aus den drei Jahren davor, ins Italienische. Sie hatte viele Fragen an mich, zu viele, wie sich herausstellte. Es schien uns beiden vernünftiger, uns gleich persönlich zu treffen und die Frageliste in einem Aufwasch zu klären, als die nächsten Monate am Telefon zu verbringen.

Wir trafen uns auf Verlagskosten in einem Ein-Stern-Restaurant zum ersten Kennenlernen und beendeten den Abend in einem Vier-Sterne-Hotel, wo Graziella zu meiner allergrößten Verzückung zwei Mitarbeiterinnen des Hotels dazu überredete, mit auf das Zimmer zu kommen. Graziella war eine große Verfechterin von Miles Davis' Dogma, besser als ein Dreier sei allemal ein Vierer, denn dann konnte man den anderen beiden beim Ficken zusehen, während man selber fickte.

Hals über Kopf begeisterten wir uns aneinander. Es war herrlich. Graziella hatte schon davor vier Monate pro Jahr in Wien verbracht, nun zog sie ganz hierher. Eine Zeit lang lebten wir in zwei Wohnungen, aber da eine davon meistens leer blieb, zogen wir zusammen. Bald darauf drängte mich Graziella zu einer Heirat – ich ließ mich gerne drängen. Kaum waren wir verheiratet, geschah allerdings etwas Seltsames. Während mir die Lust an meiner eigenen Klugheit vergangen war – eine Erkenntnis, die ich durch Weltbeobachtung erlangte, bereitete mir einfach viel weniger Freude als ein gelungener Orgasmus –, fand Graziella all den Aufwand, der nötig war, um eine rechtschaffene Orgie zu organisieren – die Inserate, die oft fürchterlichen Vorabtreffen mit interessierten Swinger-Partnern, die Abgleichung ihres Terminkalenders mit den Arbeitszeiten im Bordell –, bald nicht mehr der Mühe wert. Besser ein gutes Buch, ein guter Film, gerne auch mal in die Oper ... Wenig ist entsetzlicher als eine Oper, selbstverständlich, aber ich ließ mich mitzerren, weil wir in der Loge leise fickten, mit Sexspielzeug, zumindest anfänglich, dann meinte Graziella, ich brauche zu lang, sie versäume zu viel vom ersten Akt, schließlich wichste sie mich nur geistesabwesend ab, dann wurde ihr auch das zu bunt und wir einigten uns darauf, dass ich besser zuhause bleiben sollte, um Pornos zu schauen, whatever, Hauptsache, ihr nicht allzu sehr auf die Nerven zu gehen. Auch ins Puff kam sie immer seltener mit, was in der leidigen Diskussion endete, warum meine Puffbesuche aus der gemeinsamen Haushaltskassa zu bezahlen seien, wo sie doch gar nicht mehr mitkäme. Ich aber meinte, dadurch sei es ja sowieso teurer, weil ich ja jetzt drei Prostituierte bezahlen musste und nicht nur zwei. Nun ja, die Beziehung wurde zunehmend trostloser. Ich wollte doch nur eine gute Freundin, mit der ich immer ficken konnte, jemanden wie Hilda, aber schließlich verblasste der schöne Lebenstraum, es wurde ungemütlich, ich wurde beschuldigt, es gab da gewisse Dinge, über die man mit mir reden musste, ich versteckte mich in meinem Studierzimmer und beobachtete über dem Bücherrand, wie Graziella immer enttäuschter wurde und der Wut verfiel, aber da war auch ich nicht mehr sonderlich interessiert, in eine Schlammschlacht am Rande des Wahnsinns wollte ich nicht einsteigen, ich fand alles nur noch beschwerlich und ärgerlich, und in der lautesten Vorwurfskette erhob ich mein Haupt und sagte schnell irgendetwas, um ihr zu zeigen, wie sinnlos ihr Versuch geworden war, mich zu einem besseren Menschen zu provozieren, etwas in der Art von: »Banane, Banane, du bist eine alte Dame!« Und Graziella hielt inne, setzte sich in den Ohrensessel und sagte mit kühler Stimme: »Ich möchte ein Kind. Und ich möchte, dass es Anton heißt.« Wenige Monate später war die Scheidung durch.

Ich will mich da überhaupt nicht rauswinden. Glauben Sie ja nicht, jetzt kommt die schwermütige Leier von der Schwierigkeit des menschlichen Zusammenlebens, die mit dem Bild endet, wie ich mit großen Rehaugen nachts, mit der Stirn an die Scheibe gelehnt, melancholisch aus dem Fenster blicke, mein Herz zerknirscht von den Abgründen der Seele. Ganz im Gegenteil, Graziella war eine fantastische Frau, ich habe sie sehr gemocht. Ich hatte keine Absicht, die Beziehung zu zerstören, überhaupt keine Absicht. Mir ist auch nicht ganz klar, was passiert war. Vielleicht wissen Sie es?

Noch immer trudelte die Spirale im Fernseher, ich wusste gar nicht, wie lange ich in meinen Erinnerungen geschwelgt hatte, aber es mussten doch an die zehn Minuten gewesen sein, und noch immer wurde das Pärchen von der Spirale hypnotisiert. Offensichtlich wollte Dietmar Pflegherr mit allen Tricks auf Spielfilmlänge kommen. Wieder fiel ich in Trance und musste an meine zweite Ehe denken.

Diesmal, so dachte ich, hätte ich den Dreh raus und heiratete Carlotta, die süße Besitzerin des Susi-Puffs, bei dem ich zu jener

Zeit fast täglich auf Besuch war. Die Einnahmen meines zweiten Buchs waren schon überwiesen worden, und ich sah keinen Grund, mich beim Geldverprassen zurückzuhalten. Jeden Abend lag ich in einem anderen Rüschenbett und wedelte mit Champagner. Zu diesem Zeitpunkt konnte ich noch charmant sein, wenn ich wollte, und so schaffte ich es in manchen Nächten, Carlotta mit ins Bett zu lotsen. Es war unglaublich, der harten Geschäftsfrau dabei zuzusehen, wie sie in den Händen ihrer Angestellten in einer wollüstigen Kernschmelze explodierte. Hinterher machte sie sich frisch und wir standen an der Bar, wo sie endlos über die Fertigkeiten und psychologischen Mängel ihrer Angestellten ablästerte. Das Herz ging mir auf vor so viel Bosheit. Endlich jemand, der das Soziale so hasste wie ich. Hatte ich in ihr sogar meinen – verzeihen Sie das hässliche Wort, aber es ist meiner damaligen kitschig-betrunkenen Laune durchaus angemessen – *Seelenmenschen* gefunden?

Ich wusste nicht, wer von uns beiden auf die Idee gekommen war – ich oder der Schnaps –, jedenfalls stand ich mit Carlotta irgendwann in der schäbigsten Frühmorgensonne vor einem Gene-Hackmann-Imitator in Las Vegas, der uns ehelichte. Wir erlebten die herrlichsten Flitterwochen. Wir nahmen Aufputsch- und Beruhigungstabletten in aufregendem Verhältnis zu uns, kosteten uns durch die High-Society-Callgirls bzw. den einen oder anderen Callboy, falls Carlotta danach war, und beschimpften die Welt, während um uns herum kalifornische Sonnenuntergänge tobten. Zurück in Wien geriet die schöne Welt rasch außer Kontrolle. Bei einem gemeinsamen Frühstück nannte ich sie ohne groß nachzudenken *Puff-Susi* (»Reichst du mir bitte das Salz, Puff-Susi«). Ich dachte mir nicht viel dabei, seit ein paar Tagen schon neckten wir uns gegenseitig mit fürchterlichen Kosenamen, diesmal allerdings griff sie zur Ketchupflasche und zerschmetterte sie auf meinem Kopf. Danach griff sie zur Tabascoflasche und zerschmetterte sie auf meinem Kopf. Sie strubbelte durch mein blutiges und gewürztes Haar und meinte, das nächste Mal würde sie meinen Kopf abschneiden und damit eine Schwulentoilette verstopfen. So erfuhr ich von ihrem Gewaltproblem.

Zwischendurch pflegte sie mich mit aller Rührseligkeit, doch kaum sagte ich etwas, das sie in irgendeiner Form als Beleidigung auffassen konnte, und das war eigentlich jeder Satz, der aus meinem Mund kam, ging sie mit der Topfpflanze auf mich los. Nach zwei Tagen hatte ich Glück. Franz läutete an der Tür. Er wollte sich beschweren, diesmal, weil ich ihm nie in einem meiner Bücher gedankt hatte, was sei das für eine Freundschaft, et cetera, et cetera. Carlotta öffnete die Tür, Franz war verblüfft, aber nur für kurze Zeit, dann beschwerte er sich eben bei Carlotta über mich. Diese wollte allerdings nichts davon wissen, sie hatte zurzeit genug um die Ohren: einen Rivalen, der ihr das Personal abspenstig machen wollte, und einen Ehemann, den sie erst mal Respekt in den Leib prügeln musste, damit die Ehe funktionieren konnte. Sie verpasste Franz ein paar grimmige Kopfnüsse, er versuchte zurückzuschlagen – Tumult!

Ich humpelte aus der Tür, aus dem Haus, in ein Taxi, auf dem schnellsten Weg zu meinem Anwalt.

Er beendete den Spuk innerhalb weniger Tage mittels einer ansehnlichen Geldsumme, und ich kaufte mir einen Hund. Des Nachts hatte ich unbeschwerten Sex im Bordell, untertags schenkte mir Baxter bedingungslose Zuneigung – das war die perfekte Mischung.

Noch immer war die Spirale am Bildschirm zu sehen. Mit einer zähflüssigen Geschwindigkeit verblasste sie. Dann erschien das Logo der Filmfirma. Wenig später wurde die Kassette mit einem satten Geräusch von meinem VHS-Gerät ausgeworfen.

Ein pornografisches Märchen von diesem verträumten Volltrottel Marcel Bonniteaut.

Ende des 19. Jahrhunderts. Blanka, eine lebenslustige junge Frau aus einem polnischen Dorf, wird Prostituierte, um ihre beiden Brüder zu ärgern. In Marseille heuert sie in einem Bordell an. Sie will Gefahr und Sinnlichkeit. Doch die Männer, die zu ihr ins Zimmer kommen, sind erschöpft von den Lasten des Lebens. Blanka, die noch wenig Erfahrung hat, ist nicht besonders talentiert im Sexuellen und schon gar nicht weiß sie diese Ermatteten zu beleben, hier bräuchte es eine Vielzahl an raffinierten weiblichen Tricks und Listen, vor allem eine gewisse Lebenserfahrung, die Blanka schlicht nicht zur Verfügung steht. Was sie aber gut kann, ist Zuhören! Sie tut sich schwer beim Verstehen der neuen Sprache und macht dabei so ein süß-verkniffenes Gesicht, dass die Männer ganz verrückt werden. Endlich interessiert sich jemand für ihre Mühen.

Statt fest umklammert und blitzschnell genommen zu werden, sitzt Blanka leicht gekrümmt, vornübergebeugt auf dem Bett und hört Geschichten über schlecht geölte Scheibtruhen und gewisse Arten von Schwarzkohle, die man, einmal auf die Hände geschmiert, wochenlang nicht mehr abwaschen kann. Bald glaubt Blanka durchdrehen zu müssen. Sie will die Welt durch ihren Körper erfahren. Ihre leiderfüllte Miene wird ihr natürlich als Empathie ausgelegt, und so gibt es vom langweiligen Männerschmerz kein Entrinnen. Optionen für ein anderes Leben sind nicht mehr möglich. Blanka bleibt im Bordell, bis sie mit fünfunddreißig für das Dirnenleben zu alt ist. Sie zieht wieder zurück in ihr Dorf, die Ehe mit einem geistig verlangsamten Schweinebauern ist die einzige Möglichkeit, finanziell versorgt zu sein. Als der Schweinebauer in der Hochzeitsnacht ihren Rock hochwirft und sich mit seinem aufgedunsenen Gesicht ihrer Mitte widmet, findet er anstatt der verschlungenen Falten einer nassgefreuten Möse ein großes rosa Ohr vor. Der Schweinebauer nähert sich dem Ohr, beinahe berühren seine rauen Lippen das weiche Läppchen. Dann flüstert er mit scheuer Stimme: »Unter meinen Schweinen ist ein Schwein, das mich kränkt.«

Meine beiden Ehen blieben kinderlos, was insbesondere Graziella sehr zu schmerzen schien, denn so hatte sie nach dem schmutzigen Zusammenkrachen unserer Ehe niemanden, den sie gegen mich aufbringen konnte. Sie war nicht jemand, der unter solchen Versäumnissen gerne litt, also nahm sie Lorenz, den fünfjährigen Sohn ihrer Osteopathin, unter ihre Fittiche und schulte ihn in der scheußlichen Wissenschaft der ganzen Wahrheit über mich. Nur drei Monate nach unserer Scheidung stand er schon vor meiner Tür und spuckte und schimpfte auf mich, hielt mir vor, dass ich kein Mann sei, sondern ein Feigling, einer der wenigen Menschen, bei denen es eine Gnade sei, dass er nicht in der Lage sei, sich zu öffnen, denn die Gefühle, die hinter der Mauer meiner Ignoranz lägen, seien von der erschütterndsten Sorte, ein Morast aus Kleinmut und Frauenhass und so weiter und so fort. Mittlerweile ist er siebzehn und hat eine Freundin, Happy, eine ungewaschene, naseweise Göre, die mir alle paar Tage eine betrunkene Nachricht auf dem Anrufbeantworter hinterlässt.

»Hallo, du Fotze! Weißt du überhaupt, was du Lorenz angetan hast? Du dumme Fotze! Hast dich einfach aus dem Staub gemacht. Als ob dein Staub etwas wert wäre! Was bist du bloß für ein eingebildetes Arschloch, dass du glaubst, dass dein eigener Staub irgendetwas wert sein könnte. Du bist ja kaputt.«

Nicht, dass sie nicht recht hätte, irgendwie, aber was soll man noch groß dazu sagen? Die paar Male, als ich sie traf – einmal hat Lorenz mich etwa ein paar Tage nach seiner Firmung in ein Restaurant eingeladen, und da war dieses fürchterliche Mädchen auch dabei –, habe ich einfach getan, was man als Erwachsener so tut. Ich habe jeden Satz, den sie mir an den Kopf warf, langsam wiederholt und ihr vorgeworfen.

»Du hässlicher Altersfleckendepp, dir sollte man den Schwanz abhacken und daraus eine Krawatte machen, mit der man dich erwürgt!«

»Nein, Happy, *du* bist ein hässlicher Altersfleckendepp, und *dir* sollte man den Schwanz abhacken und daraus eine Krawatte machen, mit der man dich erwürgt!«

Sie dämpfte vor Wut ihre Zigarette auf dem Tischtuch aus, es begann zu brennen und wir flogen in hohem Bogen aus dem Lokal. Was soll ich sagen? Graziella wäre stolz gewesen.

Orgasmo war eine große Enttäuschung, der griechische Hauptdarsteller war zwar schön wie ein Gott und spielte auch einen, aber es dauerte immer ewig, bis er den Weg in eine Möse fand. Er rutschte immer ab, dann half er sich mit der Hand, dann rutschte die Hand ab, dann war sie schon ungeduldig und wollte ihm helfen, aber er ließ sich nicht helfen, die Augen funkelten erst ein bisschen genervt, dann wütend, aber es sollte nichts helfen, er fand seinen Weg nicht in die Frauen.

Ein Filmprojekt über einen Hypnosevirus aus dem All, der die Menschheit in sexuelle Tobsucht verfallen lässt.

Die vier Regisseure Toby Lasalle, Herb Rodriguez, Larry Coon und Lady TNT wollten eine Filmreihe drehen, die so lange dauern sollte, bis jeder auf der Welt mit jedem gefickt hätte (Minderjährige ausgeschlossen!). Gedreht wurde nur der achtstündige erste Teil, dann war Schluss. Alle vier beteiligten Produktionsfirmen gingen an diesem Film pleite, drei Adult-Movie-Stars holten sich schwere Leberkrankheiten, der Film brachte alle Beteiligten an den Rand des Wahnsinns. Der erste Teil spielte in Bombay, Liverpool, Bern und Kapstadt. Während ich mir den Film ansah und das große ethnische Geficke seinen Lauf nahm, musste ich daran denken, dass der Handel mit sexuellen Fantasien diese Herrschaften alle zerstört hatte, während er mich wohlhabend gemacht hatte.

In meinem ersten Buch *Unterbrechung der Kühlkette* hatte ich nur eine einzige Sexszene beschrieben, sie kam etwa in der Hälfte des Buches.

Auf nicht mehr als einer halben Seite beschrieb ich, wie die neue Leiterin des Vertriebs- und Marketingteams einer börsennotierten Biotech-Company dem Helden Karo Herrmann, einem heroinsüchtigen Sales-Mitarbeiter, während einer Besprechung unter dem Tisch mit makelloser Präzision einen Handjob verpasst. Das Buch wurde im deutschsprachigen Feuilleton gefeiert, der Verkauf blieb unter meinen Erwartungen. Einmal bildete ich im Bordell mit allen Dirnen eine Konga-Polonaise, fiel mit ihnen quer durch die Stadt in ein anderes Bordell ein, wo ich alle kreuz und quer bumsen ließ und schon waren meine ganze Einnahmen dahin.

Mein zweites Buch *Natürliches Taubengift* hatte elf Sexszenen, zwischen einer und fünf Seiten lang. Der Protagonist Gottfried Mühe, ein korrupter Landschaftsarchitekt, erinnert sich nach dem Selbstmord seiner Schwägerin schmerzvoll an die vielen verstohlenen Seitensprünge zurück, bei denen sie einander mit Tauen fesselten und mit Holzknüppeln prügelten. Das Buch wurde in den Besprechungen nicht ganz so bejubelt wie mein Debüt, aber es verkaufte sich etwa zehn Mal mehr.

Mein drittes Buch, *Die Gelungenheit,* handelte von einem Biologen, der in Dubai ein Forschungsprojekt seiner Wahl im Wert von zwei Millionen Dollar verwirklichen darf und mit diesem Geld in einem leer stehenden Luxuskaufhaus mit über 100 Prostituierten und Straßenstrichern eine Nachstellung des Videospiels *Grand Theft Auto: Vice City* inszeniert und infolgedessen auf der vorletzten Seite von zwei Sicherheitswachmännern mit einem Krummdolch geköpft wird. Von den 470 Seiten sind gute 350 explizite Sexbeschreibungen. Das Buch verkaufte sich über 700.000 Mal und wurde in zwei Sprachen verfilmt.

Für die bloße Idee meines nächsten Romans *Das weiße Pferd* rund um die wiederauferstandene Leiche von Karl Marx, die im Londoner Bankenviertel Blondinen fickt und Banker verspeist, habe ich bereits 150.000 Euro abkassiert – ich habe die Idee versteigert.

Je mehr Sex ich also in meinen Werken unterbrachte, desto wohlhabender wurde ich, je mehr Sex die Produzenten von *The Fuckening* filmten, desto mehr verschuldeten sie sich.

Franz Sebastian Scheck war sauer, weil ich bei einigen der letzten Besprechungen über ihn – wie er meinte – despektierlich geschrieben hätte. Er keppelte mir die Sprachbox voll, und als ich daraufhin nicht einlenkte, wartete er vor meiner Wohnungstür und warf sich auf mich, um mir mit seinen Fäusten auf den Kopf zu trommeln. Er ist mein bester Freund.

Franz konnte allerdings nicht allzu lange sauer bleiben – was ihn umso mehr ärgerte –, weil er durch seinen Auftritt in meiner Kritik einen gutbezahlten Auftritt in einer Diskurs-Nebenreihe am Rande eines Red-Bull-Academy-Workshops ergattert hatte. Das Argument, ich hätte seine Reputation unwiederbringlich angepatzt, war somit vom Tisch. Wir trafen uns im Café Sperl, wo er so tat, als hätte er mich nicht eine Woche vorher noch als »kleinen eseligen Arsch« und »narzisstische verkotzte Sau, wenn ich je eine gesehen habe« bezeichnet.

»Da werden viele junge Leute im Publikum sein. Und ich habe doch keine Ahnung, wie die Jungen heutzutage ticken.« Franz schluckte. »Ich brauche unbedingt einen Zugang zu diesen Leuten. Das sind doch noch die Einzigen mit Geld. Die Zeitungen stehen mit dem Rücken zur Wand, aber die jungen Leute, die haben's drauf! Wenn die pleite sind, dann veranstalten die einfach so ein *Cloudfunding* und schon klingelt das digitale Taschengeld in ihr iPhone. Aber ich kenne sie nicht. Keine Frau wollte sich ein Kind von mir schenken lassen, und jetzt stehe ich dumm da, ohne jeglichen Kontakt zur neuen Generation. Wer sind diese jungen Menschen? Ich habe im Internet Fotos gefunden. Warum haben die alle so ernste Lippen?« Franz schluckte wieder, ein ächzendes trockenes Schlucken, bei dem man Äste in seinem Mund knacken zu hören schien. Er hatte kein Erbarmen mit seinem Körper, er wusste nicht, wie man hydriert bleibt.

»Die sind auch nicht anders drauf als wir damals. Die tanken literweise Koks und Haschisch, nur dass sie nachher nicht ihre bunt durchrüttelte Seele baumeln lassen, sondern zur Arbeit gehen und 18 Stunden durchschuften.«

»Recht haben sie!«, rief Franz und schlug mit seiner Faust auf den Tisch, wo er einen Schweißfleck hinterließ. »Warum bin ich damals nicht auf die Idee gekommen, 18 Stunden durchzuarbeiten? Dann würde ich heute Interviews in Flugzeugen geben und wäre nicht so eine helllichtige Enttäuschung.«

Herrjemine! Jetzt erwartete sich Franz natürlich, dass ich in detaillierter Art und Weise Widerspruch einlegte, aber woher sollte ich bitte auch nur einen einzigen Widerspruch hernehmen? Tatsache war, Franz Sebastian hatte sich gehen lassen und in der heutigen Zeit war kein Platz mehr für einen solchen Lebensstil. Unter Kreisky wäre aus ihm vielleicht noch ein Star geworden, aber jetzt war er trotz seiner Potzklugheit einfach nur ein übergewichtiges, schlecht hydriertes Wrack mit unsicherer Zukunft. Genüsslich hatte er jede Chance, die sich ihm bot, penibel zerpflückt. Vor zwei Jahren etwa hatte ich ihm eine Sendereihe bei Ö1 verschafft, die man eigentlich mir angeboten hatte. Eine 12-teilige Hörfunkreihe über Johann Gottlieb Fichte zu je einer Viertelstunde, ausgestrahlt jeden Montag vor Mitternacht. Ich hatte mit Philosophie längst abgeschlossen – warum sollte ich mich in Büchern über den deutschen Idealismus vertiefen, wenn ich mir im Internet anschauen konnte, wie es ein weiblicher CEO mit ihrer persönlichen Assistentin auf einem Macbook trieb? Außerdem kannte sich Franz viel besser aus, er war eine Koryphäe auf dem Gebiet mittelloser Philosophen.

Anfangs lief alles bestens, Franz führte mit gewitzten Anekdoten in den trüben Alltag von Johann Gottlieb Fichte ein. Um einen Widerspruch in Fichtes Vernunfthierarchie zu versinnbildlichen, griff er auf eine Rede des britischen Schauspielers Sir Peter Ustinov vor der UNESCO zurück. In einem Nebensatz sprach er diesem jegliches künstlerische Talent ab, obwohl das für sein Beispiel überhaupt nicht von Belang war. Man wollte dies schon als skurrilen Ausrutscher deuten, aber böse Seitenhiebe auf Sir Peter Ustinov schummelten sich in den weiteren Folgen immer öfter hinein. Schließlich kam es zum Höhepunkt: In Folge 8, die sich der Wandlung vom glühenden Anhänger der französischen Revolution zu einem erbitterten Gegner Napoleons widmen sollte, war von Johann Gottlieb Fichte keine Rede mehr. Dafür nutzte Franz die Sendezeit zu einem ausführlichen Verriss des Films *Die Verdammten der Meere*, für den Sir Peter Ustinov als Regisseur und als Hauptdarsteller verantwortlich zeichnete. Mehrere hundert erboste Briefe folgten und die Sendung wurde abgesetzt.

Da ich nicht wusste, wie ich ihm widersprechen sollte, erzählte ich Franz einen Traum, den ich vor wenigen Wochen hatte. In dem Traum traf ich ihn in einem Café. Wir fluchten laut und spuckten Tabak zu Boden, weil in letzter Zeit ein alter, vergessen geglaubter Trend sein scheußliches Haupt erhoben hatte: Softporno-Höschensex! Aufgebracht begaben wir uns mit bebenden Köpfen zu meinem Videothekar Vladosch. Herrlich, in meinem Traum gab es tatsächlich wieder Videotheken! Ich schlug mit der Faust auf den Tresen und verlangte nach einem pornografischen Film, der seinem Namen alle Ehre mache. Brüste, nasse Schlitze, Cumshots. Aber Vladosch weinte nur und sagte, er wisse nicht, wie es passiert sei, doch über Nacht seien alle seine Filme in Höschensex-Varianten verwandelt worden. Zum Beweis sahen wir uns den versifften Grind-Klassiker *Dirty Cop* an. Und zum Teufel, tatsächlich: Jede Frau, die sich dem Dirty Cop hingab, ließ ihr Höschen an und schnalzte ihm auf den Handrücken, wenn er sich die eigene Unterhose ausziehen wollte. So blieb dem hochnotgeilen Polizisten nichts anderes übrig, als Textil an Textil zu reiben. Während die Frauen übertrieben stöhnten und lausige Saxofonmusik ertönte, starrte der Dirty Cop mit panischer Verblüffung in die Kamera und zuckte mit den Schultern. Der Videothekar zitterte am ganzen Leib.

»Was erzählst du da, Bruno?«, sagte Franz. »Das hilft mir doch überhaupt nicht weiter.«

Mit Franz Sebastian Scheck im Wald, im Schnee, im Winterwald. Ich kann kaum zuhören, so traurig und schlapp ist sein Gesicht.

»Sie haben mich *weißen alten Mann* genannt, da waren diese kleinen bleichen Köpfe und die beschimpften mich als *weißen alten Mann*. Sie meinten das als Schimpfwort, Bruno, als Schimpfwort.«

Er hatte seine Vorlesung bei der Red-Bull-Academy mit ein paar anzüglichen Witzchen und Bemerkungen begonnen, um die Herzen seiner jungen Zuhörer und Zuhörerinnen zu gewinnen. Die fruchtlose Umwerbung gipfelte in dem Versuch, in das Gesamtwerk von Hegel einzuführen mittels der Beobachtung, wie viele der anwesenden jungen Frauen am vorigen Abend an ihrem eigenen Höschen geschnüffelt hätten, bitte aufzeigen! Weiter kam er nicht, dann wurde er eine Stunde lang lautstark ausgebuht und erst mit Bechern und, als das nichts half, mit E-Zigaretten-Akkus beworfen.

Noch am selben Tag wurde sein Werkvertrag beendet. Franz war entsetzt über die neue moralinsaure Menschheit, die da unter seinen Füßen heranwuchs. Wo waren all die genialischen Faulpelze hin und die geistreichen Lüstlinge? Er setzte zu einer langen Grundsatzrede an. Prompt wurden mir die Ohren taub.

Nach einiger Zeit verabschiedete ich mich innerlich aus dem Redeschwall meines Freundes, nickte nur hier und da, und ließ meinen Blick über die Bäume schweifen. Da konnte man sagen, was man wollte, aber ein verschneiter Wald war etwas Herrliches. Allein diese köstliche würzige Luft. Die Kälte, die sich sofort in einem ausbreitet und die einen die Hände reiben lässt in

Vorfreude auf spannende Gedanken. Hatte man Glück und schneite es gerade dicht, und war der Weg belegt von weichem, ungepresstem Schnee und war man außerdem in rauschhaftem Tempo unterwegs, weil man gerade viel zu schnell und zügellos assoziierte, dann staubte der Schnee von unten und von oben her auf einen zu, und man konnte meinen, die Welt stelle sich jeden Moment auf den Kopf und doch würde es keinen Unterschied machen.

Baxter tollte durch den Schnee, er wedelte erfreut mit seinem Schwanz, er scheuchte den Schnee auf in meine Nasenlöcher, wo sie für einen wohligen Schauer sorgten. Was war Franz doch für ein Narr. Er hatte nur Augen für das Klägliche. Wenn es nicht schmerzte, war es nicht wichtig, wenn er nicht unglücklich war, verlor alles an Profundität. Ich breitete die Arme aus, Baxter hüpfte an mir hoch und schleckte mir mit eiskalter Zunge über den Mund.

In unserer über 40-jährigen Freundschaft habe ich meinem Freund Franz sieben Mal das Bein gestellt und es war jedes Mal ein bewegender Moment.

Das erste Mal war es ein rein spontaner Entschluss. Ich dachte mir nichts dabei, es war kein Akt der Gehässigkeit. Es bot sich einfach nur so gut an, als Franz wild gestikulierend neben mir durch den Rathauspark schritt. Jeden Moment schien es mir, dass er umkippen musste, so weit wankte er erst in die eine, dann in die andere Richtung. Es machte mich nervös. Bald wird er hinfallen, dachte ich, bald fällt er hin und macht sich die schöne Lederjacke kaputt. Ich konnte nicht länger zuwarten, bis das Unvermeidliche eintrat, das war nicht gut für meine Nerven, also stellte ich ihm ein Bein und in einer wunderschönen Kapriole fiel er vornüber, rollte über den Kiesweg und krachte gegen eine Parkbank. Lachend streckte ich ihm die Hand entgegen, um ihm aufzuhelfen.

Das zweite Mal war es nicht mehr so arglos. Ich hatte mich mit Franz in seiner WG getroffen, um ein Referat zu besprechen. Gerade hatte ich ihm von meinem Entschluss erzählt, meine Abschlussarbeit über Hegels Beeinflussung durch russische Gesinnungsblätter zu schreiben. Ich hatte lange für diese Entscheidung gebraucht; kein Thema war mir ins Auge gestochen, nichts hatte mich begeistert, da war ich durch Zufall auf die wenig untersuchte Tatsache gestoßen, wie besessen Hegel seine Rezeption in Russland verfolgte. Ich war erleichtert. Endlich hatte ich mein Thema gefunden.

»Fantastisch!«, sagte Franz. »Das ist eine gute Wahl. Was für eine gute Wahl. So eine gute Idee. Darüber werde ich auch meine Abschlussarbeit schreiben.«

»Wir können doch nicht beide über Hegel schreiben. Was für eine Schnapsidee!«

»Ja was? Gehört der Hegel jetzt dir allein? Gehört jetzt alles dir? Muss ich dich fragen, wenn ich mir Schuhe anziehen will, nur weil du dir schon Schuhe angezogen hast?«

»Ich habe die Idee zuerst gehabt.«

»Welche Idee? Hegel hat doch die russischen Gesinnungsblätter gelesen, und nicht du. Du springst doch nur auf einen fahrenden Zug auf und gibst dich dann noch selbstherrlich als Lokomotivhitler. Manchmal weiß ich nicht mehr, ob ich dich wirklich kenne, Bruno.«

Es war nichts zu machen, schließlich wurde es mir zu bunt. Ich gab nach und verfasste meine Abschlussarbeit über den koreanischen Philosophen Jeong Mong-ju und sein standhaftes Herz. Franz schrieb seine, zugegebenermaßen durchaus brillante, Analyse über Hegels Gesinnungsblattkonsum und stürzte nach der Abgabe die letzten drei Stufen der Fakultät für Philosophie und Bildungswissenschaft hinab. Ich hatte es selber nicht kommen sehen, aber plötzlich war mein dünner Knöchel zwischen seinen Beinen gewesen und Franz kippte vornüber.

Das dritte Mal, als ich Franz das Bein stellte, war es glasklare unterbewusste Rache, da brauche ich nicht lange nachzudenken, und hatte mit Hilda, der älteren Schwester von Franz, zu tun. Sie war eine schroffe Schönheit mit einem dreckigen Humor, die sich aufrichtig freute, wenn man mit ihr ins Bett ging. Zu dritt hingen wir ab und wenn Franz betrunken am Tisch einschlief, zogen wir uns heimlich zurück, um es zu tun. Wir waren Fickkumpel, zwanglos trieben wir es miteinander, erst in unregelmäßigen Abständen, dann wurde es immer regelmäßiger. Mit der Zeit nahmen wir unsere Maßnahmen zur Verheimlichung recht locker, prompt erfuhr Franz von unserer sexuellen Annäherung und prompt reagierte er genauso, wie wir es befürchtet hatten, nämlich anfangs verstimmt und säuerlich, zunehmend aber bockig-aggressiv.

»Ihr fickt doch nur miteinander, weil es so am bequemsten ist«, murrte er.

Franz hatte recht, ich hatte es eben gerne bequem. In den nächsten Wochen wurde sein Murren immer lauter, aber ich hatte eine dicke Haut und ließ mich nicht schnell aus der Fassung bringen. Ich war immer so fröhlich, wenn ich mit Hilda fickte. Das hatte ich vorher nie gekannt. Da war immer nur Geilheit und Anspannung und verengtes Daseinsbewusstsein, aber Hilda legte größten Wert auf gute Laune im Schlafzimmer. Da wir keine Rücksicht auf Franz' giftige Bemerkungen nahmen, entwickelte er nach und nach die ekelhaften Wesenszüge einer schwierigen Person. Seine galligen Eskapaden warfen einen Schatten auf unsere sexuellen Abenteuer. Nachdem es über zwei Monate so weiterging, stellte mich Franz eines Abends, als ich nackt aus dem Schlafzimmer kam, um mir in der Küche etwas zum Trinken zu holen, zur Rede. Er schnellte aus seiner vornübergesackten Position am Tisch hoch und blickte mich aus verzwickten Äuglein an.

»Entweder Hilda oder ich. Du musst dich entscheiden, Bruno!«

Ich kratzte mir verärgert die Schamhaare. »Schau zu, dass du wieder einschläfst, du bist gerade nicht zum Aushalten!«

Hilda kam langsam in die Küche, ebenfalls nackt. Sie lehnte sich halb gekrümmt an den Kühlschrank und putzte sich mit einem Ohrenstäbchen mein Sperma von den Brustwarzen. Aber Franz war nicht zu beruhigen. Er stand auf, mit hochrotem Kopf, und plärrte: »Was passiert, wenn ich mich jetzt auch nackt ausziehe? Ha! Was passiert dann?«

Hilda schnippte das Ohrenstäbchen in meine Richtung. »Das ist mir alles zu viel Tumult, Bruno. Du musst dich entscheiden. Entweder Franz oder ich!«

Jetzt war es an mir zu explodieren. Ich deutete abwechselnd von Hilda zu Franz und rief: »Das ist die verdammt selbe Entscheidung!«

Hilda kniff die Augen zusammen und ging ins Schlafzimmer. Sie warf die Tür zu und verriegelte sie lautstark.

Ich bastelte mir eine Decke aus Ausgaben der *Arbeiter Zeitung* und schlief auf dem Küchenboden. Am nächsten Tag schloss sich Hilda einer Truppe von deutschen Anarchisten an, die in Regensburg ein Haus besetzten. Dort lebte sie zwei Jahre lang, zog dann nach München, heiratete, wurde Witwe, zog ein Antiquitätenimperium hoch und wurde reich. Ich verlor den Kontakt zu ihr, abgesehen von der einen oder anderen schnoddrigen Postkarte, und Franz verlor das Gleichgewicht, als ich ihm eine Woche nach Hildas Abschied in der Waschküche das Bein stellte. Er fiel kopfüber in den Berg seiner dreckigen Wäsche, fand es zu seiner Verblüffung überraschend gemütlich und verbrachte dort den Großteil des restlichen Abends. Kiffend, sinnierend, Bierdosen schwenkend. Er schlief ein und wurde von der Haushälterin geweckt, als sie ihn mit ihrem Besen grün und blau prügelte.

Schon während des Studiums hatten wir zusammen in einem Fanzine veröffentlicht. *Gelbe Sessel*, eine lose Sammlung von Texten über Philosophie und Jazz, illustriert von bedrohlichen Bleistiftzeichnungen, die von einem wirren Pilzkopf publiziert wurde, Herbert Schaufel, der Jahre später ums Leben kam, als er in der Nacht des 23. Dezembers motiviert von Unmengen an Koks und Acid einen Weihnachtsbaum in einem Schlauchboot über den Mondsee transportieren wollte.

Das Magazin fand kaum Leser, über den engeren Freundeskreis der darin Veröffentlichten schaffte es keine nennenswerte

Verbreitung, aber die Partys, die bei jeder Veröffentlichung geschmissen wurden, waren legendär. Halb Wien soff sich dort die Haare vom Kopf und mittendrin waren Franz und ich auf der Bühne, lasen unsere philosophischen Abhandlungen vom Blatt, während hinter uns eine Jazz-Rock-Combo kopflastigen Lärm verbreitete. Manchmal gesellte sich auch eine Sängerin zu uns, dann wurde Franz ganz unausstehlich. Er gierte nach jedem Funken Aufmerksamkeit und wenn er merkte, dass die Zuneigung des Publikums von unseren Texten weg zu der umfangreichen Soulstimme der Sängerin abdriftete, war er sich durchaus nicht zu schade, hinter der Sängerin böse Späßchen zu machen und ihre Bewegungen nachzuäffen. Es war an einem solchen Abend, dass ich große Lust bekam, meine Füße unter dem Lesetischchen auszustrecken. Franz fiel mit einem lauten Krachen in das Schlagzeug. Die Tschinelle hallte nach, ein Störgeräusch surrte, kurz war es still, dann toste Applaus.

Unsere progressive Show traf den Wiener Zeitgeist punktgenau. Die Mischung aus monotonem Jazzrock, Gedanken über Rock'n'Roll und Weltpolitik machte uns zu Szenestars. Wir waren Haussmann & Scheck. Man kann es sich gar nicht mehr vorstellen, aber wir sahen blendend aus für die damaligen Wiener Verhältnisse. Wir waren ein lässiges, fittes Duo. Wie Tony Curtis und Roger Moore zogen wir durch die braun verrußten Straßen der Stadt. Heutzutage sehen wir eher aus wie ein heruntergekommenes Stummfilm-Duo namens *Dick und Tod*. Eine unzufriedene Kugel mit Halbglatze, Brille und grauen, krausen Locken und ein ausgemergeltes Skelett mit langen schütteren Haaren, einst dunkelblond, nun weißlich-gelb wie meine Zähne. Ich hatte die Wahl zwischen würdevollem Altern und dem Rauchen. Da ich nicht mehr auf dem sexuellen Markt bestehen muss, fiel mir die Wahl leicht. Nun bin ich ein zufriedener Raucher und sehe eben aus, wie ich aussehe. Da gibt es nichts, um sich zu beschweren.

Unsere Auftritte waren legendär. Wir bekamen ein Angebot, unsere gemeinsame Kolumne für *Gelbe Sessel* ins Wiener Zeitgeistmagazin *Basta* zu übersiedeln. Man lockte uns mit Kokain, Geld und der Idee, die Kolumne mit Bildern von Manfred Deix zu illustrieren. Wir verzichteten auf Kokain und Deix und wollten lieber mehr Geld. Der Herausgeber fühlte sich dadurch irgendwie in seiner Ehre angegriffen und bot uns einfach noch mehr Geld an, als wir verlangt hatten. Er griff in die oberste Lade seines Schreibtisches und bewarf uns mit Tausend-Schilling-Scheinen. »Hahaha!«, rief er, als wir einschlugen. »Hahaha!« Als wir das Redaktionsgebäude verließen, schwieg Franz, sein Gesicht glühte, er wirkte auf eine Weise spirituell berührt. Er strahlte vor Glück und streichelte immer wieder die Tausend-Schilling-Noten in seiner Tasche. Im Stadtpark stellte ich ihm ein Bein, aber er bemerkte es gar nicht so richtig. Er rollte sich einfach im Schnee ab, richtete sich mit Schwung auf und ging weiter, beseelt und vergnügt. Er wusste es damals noch nicht, aber die Tatsache, dass es einen Tag von solch perfektem Glück gegeben hatte, an dem er sein restliches Leben messen konnte, war für Franz das größte Unglück gewesen.

Das sechste Mal, als ich Franz das Bein stellte, war während einer Live-Sendung des *Club 2*. Unsere gemeinsame Kolumnentätigkeit war zu diesem Zeitpunkt längst vorbei. Ich hatte sie nach zwei Monaten beendet, ich hatte es nicht mehr ausgehalten, meine Gedanken und Texte mit Franz synchronisieren zu müssen. Er sah sich als den eigentlichen Motor des Projekts, je mehr gute Gedanken ich vorschlug, desto lauter brachte er seine eigenen vor, bis mir die Zigarette aus dem Mund fiel vor lauter Lärm und Kopfschmerzen. Ich schrieb eine Zeit lang für das *Wespennest* und gestaltete Sendungen für die *Musicbox*, dann nahm ich Aufträge von ausländischen Zeitschriften an und wurde Professor.

In meinen neuen Texten ging es um Unmoral und Verkommenheit, ich sang Loblieder auf menschliche Defekte, predigte einen bedächtigen Zynismus und sinnierte über Tun und Leiden und Schuld und Schulden. Franz schrieb weiter an der Kolumne. Die politische Landschaft und die Musik änderten sich, doch Franz blieb beharrlich bei den Themen, die ihn berühmt gemacht hatten: Breschnew und Nixon, Stones und Zappa, Aristoteles und Tittenwitze. *Basta* wurde eingestellt, Franz veröffentlichte weiter in verschiedenen Zeitungen, alle zwei Jahre kompilierte er daraus ein Buch. Trotz unserer beruflich getrennten Wege funktionierten wir als Marke Haussmann & Scheck noch gut. Immer wieder wurden wir gemeinsam zu Vorträgen oder in Fernsehsendungen geladen, so auch diesmal zum *Club 2* mit dem Thema *Das Ende der Mündigkeit*.

Franz hatte sich vor der Sendung schon einen kleinen Schwips angetrunken, den er live on air zu einem ordentlichen Rausch ausbaute. Gegen Ende hatte er Probleme mit dem Grundkonsens der anderen Gäste, der sich in dem Gespräch herauskristallisiert hatte und stand auf, um das Problem unkompliziert zu lösen.

Franz war gerade auf halbem Wege, um Axel Corti eine gewaltige Ohrfeige zu verpassen, da stieß ich blitzartig meinen rechten Fuß vor. Wenig elegant trat ich Franz gegen das Schienbein. Mit einem Aufschrei krachte er über den Tisch, fegte Aschenbecher und Dopplerflaschen zu Boden, und landete mit dem Kopf im Schoß von Hermann Nitsch, wo Franz vor Wut knurrte und, wenn er schon einmal da war, die – so er – köstlich nach Schnupftabak, Feigen und Harz duftende Schoßluft einsog.

Das siebte und bisher letzte Mal stellte ich Franz ein Bein bei meiner ersten Hochzeit. Während Graziella penibel die Hochzeit organisierte, plante ich ebenso penibel Franzens Sturz. Bisher hatte ich meistens spontan reagiert oder halb-spontan, weil mich der Gedanke vielleicht schon eine Woche zuvor überkommen hatte, bevor ich die perfekte Gelegenheit dazu fand. Aber diesmal sollte es mein Opus magnum werden. Es war nichts Persönliches, ich hatte zu der Zeit keinerlei Streit mit Franz am Laufen, es ging mir um das Werk an sich. Ich wollte Franz dabei zusehen, wie er in die Hochzeitstorte fliegen und das mehrstöckige Zuckerwerk, begleitet von einem Tusch der Hochzeitsband, zum Einsturz bringen würde. Um Graziella nicht vor den Kopf zu stoßen, hatte ich eine exakte Kopie der Hochzeitstorte anfertigen lassen, die eigentliche Hochzeitstorte, die in der Küche versteckt darauf wartete, die von Franz zerstörte Hochzeitstorte zu ersetzen.

Ich weihte die Band ein und übte am Tag davor mit einem Kellner gegen ein gutes Trinkgeld die verschiedenen Fallwinkel, um die optimale Stelle zu finden, um Franz das Bein zu stellen. Ich hatte mit meiner Planung ebenso Freude und Stress wie Graziella bei der Planung der gesamten Hochzeit. Als es dann so weit war, erhob Franz in letzter Sekunde erbost die linke Hand, ich konnte meinen Stellwinkel nicht mehr korrigieren und Franz fiel falsch an der Torte vorbei und schlug sich den Kopf am Tisch an. Er hielt sich den Kopf und jammerte laut auf seinem Platz, er jammerte über das Erdenleid, das ihm zuteilwurde, über die Intrigen rund um sein Lehramt, dass niemand seine Bücher kaufe, Hiob wäre Gustav Gans im Vergleich zu ihm, die jungen Frauen heutzutage wüssten nicht mehr, wie man einen Schwanz richtig bläst, sie kauten immer so lustlos rum wie auf einem benzingetränkten Putzfetzen, und jetzt auch noch diese Kopfwehen, oh, oh, oh! Er wurde immer lauter, weinte, schrie, hielt sich den Kopf, manche hielten ihn für eine schrecklich missratene Mitternachtseinlage, bis ich ihn damit tröstete, dass er die nunmehr unnütz gewordene zweite Hochzeitstorte ganz alleine essen dürfe. Wie ein Bub saß er einsam in der Küche und lauschte andächtig seinem lauten Schmatzen.

Marvin Latsko, der Chefredakteur von VICE, bestellte mich zu sich ins Büro und als ich nicht erschien, lauerte er mir auf der Straße vor meinem Wohnhaus auf, als ich mit Baxter vom Spazierengehen nachhause kam. Er wolle ein ernstes Wort mit mir sprechen, meinte er und ging nervös an einer Zigarette ziehend auf dem nassen Asphalt auf und ab. Wie immer trug er die krensenfgelben Raulederschuhe, den teuren Anzug und das bewusst gewählte geschmacklose gelbe Hemd, seinem weichen Gesicht versuchte er durch einen Musketier-Bart Kanten zu geben, dazu die obligate schwarz gerahmte Brille und die kunstvoll zerstrubbelte Kurzhaarfrisur.

Marvin Latsko meinte, es wäre doch wohl klar gewesen, was wir uns für die Kolumne ausgemacht hatten. Jede Woche ein Bericht über einen enttäuschenden Kurzfilm. Eine bissige Beschreibung. Ein kleiner Kommentar meinerseits, mit geisteswissenschaftlichem Hintergrund. 500 Wörter, kurzum: eine runde Sache. Die eine oder andere Überziehung wäre natürlich kein Problem, aber meine Berichte würden seit ein paar Wochen prinzipiell den ausgemachten Rahmen um ein Vielfaches sprengen. Und das sei ja gar nicht das größte Problem, sondern das größte Problem sei, dass es immer weniger um das quotenträchtige Thema Sexfilm ginge, sondern um langwierige Einsichten in mein privates Leben, und das sei wie gesagt in einem gewissen Rahmen auch mehr als okay, aber dieser gewisse Rahmen sei nun endgültig ausgereizt und, was ihn von diesen Problemen am allermeisten fertigmache, sei die Tatsache, dass er mich schon *mehrfach* telefonisch und per E-Mail um Unterlassung gebeten habe, und ich nicht auf ihn gehört, ihn nicht respektiert hätte, und er wisse natürlich, was für ein großartiger Schriftsteller ich sei, und dass es ja eben genau er gewesen war, der sich so für mich eingesetzt hätte, und dass ich ihn da so im Regen stehen lassen würde, sei eine ungeheure Enttäuschung, aber irgendwann seien auch dem größten Bewunderer alle Hände gebunden, er müsse eben ein Online-Magazin herausgeben, das in der werberelevanten Zielgruppe ein gutes Standing habe, da gehe es nicht nur um Geschmack, da stünden ja auch Arbeitsplätze auf dem Spiel, und zwar auch nicht wenige, zum Glück, aber dieses Glück bedeute auch eine große Verantwortung und so weiter und so fort. Kurz zusammengefasst: Er werde erst wieder einen Text veröffentlichen, wenn er in das ausgemachte Konzept passt.

Als er fertig war, strahlte er über das ganze Gesicht, weil er sich getraut hatte, mir das alles in dieser Deutlichkeit so reinzusagen. Ich schlug ihm die Zigarette aus dem Mund und ging mit meinem Hund die Straße entlang. Sollte er doch lernen, sich die Verträge gut durchzulesen, bevor er sich in einer solch spontanen Situation bis auf die Knochen blamierte. Nein, ich musste gar nichts sagen. Mein Agent rief am nächsten Tag beim Herausgeber an und erklärte ihm den genauen und unterschriebenen Wortlaut unserer Abmachung, und nicht die Fantasieversion davon, in der alles funktioniert, wie man es haben will, und auch den Passus, was passiert, würde man gegen die Vereinbarung zuwiderhandeln. Dieser Herausgeber verlor anscheinend keine Zeit und rief sofort Marvin Latsko an. Der entschuldigte sich daraufhin bei mir mit einem Strauß bunter Blumen und seinem Zitronengesicht und meinte, ich solle doch ruhig so weitermachen, wie ich wolle, meine Besprechungen seien ein Genuss, aber wenn ich ihm eine Freude machen wolle, nur eine kleine, dann die, dass vielleicht jeweils wenigstens ein kurzer Abschnitt dem allgemeinen Thema dieser Kolumne gewidmet wäre.

Ich atmete tief ein, um meinen Zorn unter Kontrolle zu halten. »Jetzt hör mal gut zu, du Früchtchen! Der Film *Fucked By 2 Black Cops* ist eine fürchterliche Enttäuschung, weil die beiden Hauptdarsteller den ganzen Film hindurch weinen!«

Eskimos haben, so heißt es fälschlicherweise, über fünfhundert Begriffe für Geld, aber was sie mit Sicherheit nicht haben, sind mehr Formulierungen, wie man elegant auf die Tatsache hinweisen kann, von welcher immenser Dringlichkeit es sei, einem Geld zu borgen, als mein Freund Franz Sebastian Scheck. In den letzten Jahren hatte ich ihm mehrere Male ansehnlich dicke Geldbündel zugeschoben sowie einmal, als ich ihm helfen sollte, einen Kühlschrank zu transportieren, und herausgefunden hatte, was Franz mit *transportieren* wirklich meinte, einen Kühlschrank *bezahlt.*

In letzter Zeit ging es wieder los. Franz' Geldprobleme wühlten sich von den untersten Ebenen des Subtextes immer dreister nach oben an die glänzende Oberfläche des Gesprochenen. Anfangs musste man noch gut aufpassen. Gerne blickte Franz zum Beispiel seufzend jungen Mädchen nach, dabei blickte er ihnen aber nicht auf die Brüste und die Ärsche, nein, er blickte auf ihre teuren Mäntel, auf das gute Schuhwerk, und hatte eines der Mädchen eine besonders elegant verarbeitete Brille aufgesetzt, seufzte er besonders elend. Nach ein paar Wochen hatte sich seine Subtilität drastisch reduziert, als er mir im Supermarkt über die Schulter zuräusperte: »Also, was du für Hundefutter ausgibst, so viel Geld hätte ich gerne für Essen.«

Der Clou bei diesem Trick war, dass, wenn man Franz darauf ansprāche, er sofort alles leugnen konnte, aber auf eine Art, die seine Forderung sogar noch vergrößerte. Im Supermarkt, zum Beispiel, als ich ihm antwortete: »Ich lade dich gerne auf eine Extrawurstsemmel ein«, sagte er: »Nein, nein, zu großzügig, ich will doch kein Geld von dir. Ich vertrage ja überhaupt keine Extrawurst. Mit Extrawurst im Bauch kann ich mich überhaupt nicht konzentrieren. Das kalte Fleisch entzieht mir die letzte Körperwärme. Ach, mein Körper zerfällt gerade, was soll ich machen? Ich bräuchte fortlaufend gesunde, warme Ernährung. Eigentlich müsste ich schon in der Früh beginnen, eine asiatische Hühnersuppe zu verspeisen. Zu Mittag dann ein dampfender Gemüseauflauf, als Beilage zu einem knusprigen Schweinefilet und abends etwas gegen die nächtlichen Schwächeanfälle, ein Gulasch zum Beispiel. Das müsste ich ein paar Wochen durchziehen, dann wäre ich wieder auf dem Damm. Mein Arzt ist ganz derselben Meinung. Er versucht mich gerade in einem neuen Programm unterzubringen – Essen auf Rezept –, aber er hat da leider gar keine große Hoffnungen, eigentlich ist es aussichtslos, sagt er, und wenn er ganz ehrlich wäre, müsste er gestehen, dass es dieses Programm gar nicht gibt.«

Letzten Sommer hatte Franz versucht, es mir gleichzutun und einen Bestseller zu schreiben. Lange Jahre hatte er sich geweigert, mir in den Mainstream zu folgen. Es ging um die Werthaltigkeit, hatte er immer gesagt, um die Standhaftigkeit der Gedanken.

So nobel kann natürlich nur jemand reden, dessen Versuche, mit dreistesten Methoden den Sell-out zu betreiben, kläglich gescheitert waren. Mitte der 90er Jahre veröffentlichte Franz ein Koch- und Lebenshilfebuch, *Ein gesunder Geist in einem gesunden Körper – Kochen nach Pythagoras*, was gut klingt, solange man nicht weiß, dass Pythagoras' einzige Lebensmittellehre darin bestand, keine Bohnen zu essen. Wenn man schon einmal erlebt hat, wie ein faules, aber redegewandtes Kind versucht, 15 Minuten eines Referats zu halten, ohne sich auch nur ein bisschen mit dem Inhalt beschäftigt zu haben, hat man eine ungefähre Ahnung über Inhalt und Aufbau von Franz' Buch. Multipliziert man die

Anzahl der Kinder mit 20, hat man eine ziemlich genaue Vorstellung davon.

Eine Hörspiel-CD für Babys mit Spieluhrmusik und mit Zitaten der berühmtesten Denker der Weltgeschichte blieb ebenso mittelmäßig verkauft wie eine ironische Actionfiguren-Serie hellenistischer Philosophen.

Danach hatte er es aufgegeben, den breiten Markt bedienen zu wollen. Hätte er nicht in unregelmäßigen Abständen mit seinen provokant-verwirrenden Aussagen (»Ich könnte mir durchaus vorstellen, die Todesstrafe bei gewissen Delikten wieder einzuführen, aber nur für Frauen, weil Männer nicht in der Lage sind, dazuzulernen.«) für Furore und Ärger gesorgt, würde niemand mehr über ihn reden. Aber so hatte er doch immer noch genug *Name Recognition* an sich, dass er ungestört weiterveröffentlichen konnte.

Seine Bücher und Artikel wurden daraufhin immer komplizierter. Und anklagender. Aber wer will schon lesen, dass er sein Leben komplett anders leben muss, freudloser, unbequemer?

Als sein letztes Buch nicht nur floppte, sondern vom philosophischen Feuilleton nur mit müdem Schulterzucken aufgenommen wurde, platzte ihm der Kragen. Nun wollte er auch einen sexuell aufgeladenen Bestseller schreiben! »Wenn *du* es kannst, kann es *jeder*!« war seine Meinung. Ich pflichtete ihm bei und gab ihm mein komplettes Erfolgsrezept. Es war auch wirklich nicht schwer. Erstens: Man suche sich ein provokantes Thema mit enormem pädagogischen Potenzial. Kolonialismus, Frauenrechte, Queer & Gender, Wasserkriege, und so weiter, und so fort. Egal welches Thema, du suchst dir einen Charakter, der am Rande irgendetwas damit zu tun hat und am Schluss stirbt oder gebrochen wird. Bis dahin gibt es Ficken ohne Ende und interessante Abhandlungen aus der Kulturgeschichte der Menschheit. Diese kann man ruhig 1:1 aus Wikipedia kopieren. Das interessiert heutzutage keine Sau mehr. Wichtig ist, dass die Sexszenen geil sind, da sollte man sich nicht zurückhalten und ruhig ein paar Tage mehr am Schreibtisch verbringen.

Ich hatte schon ein schlechtes Gefühl dabei, während ich Franz davon erzählte, er hatte so einen verschwommenen, überheblichen Blick aufgesetzt, noch dazu war er komplett betrunken. Es war eine schlechte Mischung: Er schien vorher schon alles besser zu wissen und hörte mir nur mit einem halben Ohr zu. Das Buch bestätigte meine Befürchtung. *Die Tränen des Abendlandes* war ein 130 Seiten langer Redeschwall einer sterbenden Öl-Magnatin, die sich in einen Scharia-Polizisten verliebt hatte. Ihre Gedanken mäanderten wild herum, eine zähe Brühe, obwohl Franz behauptete, er hätte es rhythmisch an die Struktur von Stockhausens Helikopter-Quartett angelehnt (ein grober Schwindel, wie Tibor Mautner-Oldenbourg, der musikalische Leiter des Theaters an der Wien, in einer köstlichen Live-Sendung auf ORF III nachweisen konnte). Die Sexszenen, zu denen ich ihm so dringlich geraten hatte, äußerten sich in ausgeschriebenen Links zu Porno-Seiten, die er in den Text einfügte (»Und dann liebten sie sich genau wie auf www.clicktofick.com/page2289-55389123-amateur-wife-fucked-by-hubby«).

Die wenigsten wollten das Buch kaufen, nicht einmal die Kosten für den Fotografen des Umschlagbilds wurden eingespielt. Und da ein Bestseller nicht nur an sich Geld bringt, sondern auch in Folge eine Reihe von lukrativen Nebengeschäften (Vorlesungen, bestellte Zeitungsgeschichten, Kolumnen, et cetera) anstößt, bzw. eben ein Nichtbestseller all diese schönen Dinge nicht anstößt, umarmte mich Franz um Mitternacht in der Absinthkneipe und knutschte betrunken meinen Hals. »Aber das weißt du doch, Bruno, dass ich mich auf dich verlassen kann. Du wirst mich nicht hängen lassen, Bruno. Was ist schon eine Extrawurstsemmel oder ein Darlehen, wenn es den besten Freund vor einem großen unglücklichen Leben in einem schlecht beheizten Gartenhaus bewahrt?« Dann versuchte er in meinen Mund zu weinen, in der irrigen Annahme, dass ein Mensch, in dessen Mund man geweint hat, nun immer für einen verantwortlich wäre.

Doggyfucking – For The Dog Who Fucks (Mexiko, 2011)

Wie oft wohl so ein Hund so an Sex denkt? Ich meine, ich bin ein hochkomplexer Mensch, ich muss an den Weltenverfall denken, an den Aufstieg der Dummheit, die in so vielen Gestalten auftritt. Und selbst ich, der ich so viel um die Ohren habe, denke sicher dreizehnmal in der Minute an Sex. Da muss es doch einem Hund ununterbrochen hundesexuell im Kopf rattern? Oder irre ich?

Aber können Hunde auch eine kunstvolle Darstellung des sexuellen Akts genießen? Einmal ist Baxter aufgesprungen und bellte wie wild, als ein Wolf im Fernsehen durch die Surround-Anlage knurrte. Gänzlich unmöglich schien es mir daher nicht. Um der Sache nachzugehen, zeigte ich ihm die üblichen Filme, *Emmanuelle*, *Black Emmanuelle* und *Beige Emmanuelle*, aber die schienen ihn nicht besonders zu fesseln. Auch nicht, als ich ihm ein Amateurvideo von einer Furry-Party herunterlud, in dem Menschen in Hundekostümen einander fickten. Lieber kaute er an seinem Gummiknochen und schlief. Aber musste er nicht innerlich brennen vor Lust? Als gutmütiger Haushund, eingesperrt in einer Stadtwohnung? Auch Dokumentarfilme über hündisches Paarungsverhalten ließen ihn kalt. Er zuckte nicht mal mit einem Schlappohr. Ich recherchierte im Internet und erfuhr, dass ich nicht der Erste war, der sich darüber Gedanken machte. Ein kleiner, aber feiner Filmverlag in New Mexico produzierte DVDs, die sich diesem Problem widmeten.

Die Lösung war so einfach, dass ich mir mit der flachen Hand auf die Stirn schlagen wollte. Zu jeder DVD, die man bestellte, und die nichts anderes zeigte als Hunde, die Hunde fickten, wurden drei Säckchen mit konzentrierten Duftstoffen und eine kleine Schale mitgeliefert. Es wurde empfohlen, die Schalen unter den Fernsehbildschirm zu stellen, den Inhalt eines Säckchens hineinzuleeren und die Schale dann zu erhitzen. Nach drei Minuten, wenn sich die Duftstoffe auf die richtige Temperatur erwärmt hatten, sollte man den Film starten. Im Menü konnte man zwischen Männchen und Weibchen unterscheiden. Das Video, das ich für Baxter ausgewählt hatte, war in seiner Direktheit verblüffend, andererseits überhaupt nicht verblüffend, denn warum sollte ein Hundeporno weniger ungeschliffen, weniger plump sein als ein Porno mit Menschen? Man hatte einem Rüden eine GoPro-Kamera auf den Kopf geschnallt, der Film startete, als der Hund von der Leine gelassen wurde. Er war in einem Park, wie gehetzt schnüffelte er an allerlei Unrat am Wegesrand, dann entdeckte er auf dem Spielplatz eine Hündin und machte sich auf den Weg zu ihr. Nun wurde geschnitten: Es folgte eine minutenlange statische Einstellung. Man sah in detailreicher Großaufnahme das Arschloch der Hündin und deren wackelnden Schwanz. Danach eine Einstellung aus der Sicht des Hundes. Er sprang auf die Hündin, die erschrocken japste. Es folgte in ungelenker Panik ein Beuteln und Ficken. Wem leicht schwindlig wird, der sollte diesen Film meiden.

Der Film zeigte nun abwechselnd verschiedene Einstellungen: ein Close-up des Hundepenis, wie er in die Vagina eintrat. Die aufgerissenen Augen der Hündin. Eine Einstellung von der Seite, von unterhalb, wieder aus den Augen des Hundes usw. Wäre ich ein Hund gewesen, ich hätte es vor Überdrehtheit vermutlich kaum ausgehalten und mich sofort am nächsten Tischbein zu schaffen gemacht, aber nicht so Baxter. Länger als ein paar Sekunden schien ihn der Film nicht zu interessieren, auch der Duftstoff war für ihn nicht weiter bemerkenswert, so nah ich ihn auch an seine Nase hielt. Auch ich schnupperte daran, es war ein kaum merklicher Geruch, zu schwach für Menschennasen. Er erinnerte mich ein wenig an Friedhof. Ich dachte, vielleicht schämt sich der Hund und braucht ein bisschen Privatsphäre, auch wenn das sonst nicht seine Art war. Also versteckte ich mich in der Küche und warf von Zeit zu Zeit verstohlene Blicke ins Wohnzimmer, aber auch das änderte nichts an der Situation. Der Hund rollte sich einfach ein und schlief.

Der große Tod (Portugal, 1982)

Ein junger Mann wird zum Gehilfen des Todes. Sein Job ist es, Menschen ins Jenseits zu überführen. Der junge Mann muss schwierige Fälle übernehmen. Es sind Frauen, die im schönsten Leben stehen und nicht loslassen wollen. Gerade eben haben sie sich gefunden, da läutet der junge Mann mit seinem säuerlichen Begehr. Die Frauen sagen: »Nein, kommt nicht in Frage« und versetzen dem jungen Mann ein paar Backpfeifen. »Aber seien Sie doch vernünftig. Haben Sie sich gar nichts bei dem vielen blutigen Hustenauswurf gedacht? Und den Kopfschmerzen? Das kann doch jetzt nicht völlig überraschend kommen.«

Die Frauen sind außer sich. Sie wollen es nicht einsehen. Aber der junge Mann hat eine angenehm ernste Art und eine charmante Beharrlichkeit. Außerdem sieht er gut aus und kann den Frauen einen Deal anbieten. Er wird sich mit ihnen zu Bette legen und ihnen einen letzten wunderbaren Orgasmus besorgen, von einer solchen Wucht, dass sie das Gefühl haben, nichts Besseres mehr in ihren Leben erfahren zu können. Überzeugt davon, das Höchste im Dasein erreicht zu haben, werden sie ohne zu murren mitgehen. In der darauffolgenden Szene sehen wir schon, wie die bezaubernden Todgeweihten rau und poetisch gefickt werden.

Das klingt doch alles ganz fabelhaft, sagen Sie. Was kann denn da noch schiefgehen? Das Stöhnen der Frauen wird immer lauter, heller und kurzatmiger. Ihre Augen glänzen, ihr Rückgrat biegt sich und als sie zum Höhepunkt ansetzen, küsst der junge Mann ihre Stirn und sie werden schlaff und sind tot. Und das nicht nur in *einer* Szene, sondern in *jeder* Sexszene. Es ist sowieso schon selten genug, dass in Pornofilmen gezeigt wird, wie eine Frau kommt, ganz zu schweigen davon, dass sie gut kommt, und da beraubt sich dieser Film der Möglichkeit, bahnbrechend und erregend zu sein, ganz ohne ersichtlichen Grund! Laut einer Quelle hätten die Darstellerinnen den Orgasmus nicht gut spielen können, sie hätten zu wild mit den Augen gerollt, um sich gespuckt und »Rah! Rah!« gerufen, laut einer anderen, der Darsteller des jungen Mannes hätte es trotz allen Anscheins tatsächlich nicht geschafft, auch nur eine einzige der Frauen zum Orgasmus zu bringen. Das mag ja alles sein, aber wofür gibt es denn eine Besetzungscouch?

Die Perversionen des Monsieur Plombe (Frankreich, 1998)

Es klopfte an meiner Tür, es klingelte, auf das Holz meiner Tür wurde getrommelt. Es war Franz Sebastian. Er war käseweiß und kreidebleich, also eine Mischung davon, ein sehr heller, milder gelber Kreideton.

»Wir müssen das Internet abdrehen, Bruno!«

»Wie lange hast du schon nicht mehr geschlafen?«

»Damit hat alles begonnen. Danach war es vorbei. Weißt du noch, wie glücklich ich war, damals in den 80er Jahren? Ich war ein fideler Pfau. Ich stolzierte in meiner Lederjacke herum und mein Geist raste. Und ich hatte Meinungen, ich hatte so viele Meinungen, aber die waren alle durchdacht, das waren keine dumpfen Bauchgefühle, das waren Konzerte der Präzision und des assoziativen Steinschlags. Und ich wurde publiziert! Die Zeitungen wollten wissen, was ich dachte! Und sie zahlten gut, diese süßen, süßen Scheinchen, es war ein herrliches, schönes Leben. Ich brauchte nur mit einer Studentin im Park sitzen und mit ihr über die Welt reden, und nachher, wenn sie meine Wohnung wieder verlassen hatte, schrieb ich unser Gespräch einfach nieder, nur dass ich Komplimente wie ›Deine Brüste scheinen mir wie zwei lebenslustige Frauenministerinnen, die sich einen Försterhut aufgesetzt haben‹ rausstrich, oder eben nicht rausstrich, gottverdammt noch mal, es waren schließlich die 80er Jahre. Erinnerst du dich noch, war das nicht die beste Zeit?«

Ich versuchte, Franz zu beruhigen. Ich nahm Baxter an die Leine, wir spazierten über den Zentralfriedhof. »Ich weiß nicht, was du immer mit den 80er Jahren hast. Gut, einmal hat mich

Alois Mock im Kaffeehaus mit einem entfernten Verwandten verwechselt. Er hat mich lange umarmt und fest gedrückt und dabei die ganze Zeit ausgelassen gelacht. Das war schön, aber sonst war da nicht viel los in den 80er Jahren.« Das war gelogen, denn natürlich ahnte ich, warum Franz so besessen von diesem Zeitraum war. Es war die unschuldige Zeit, in der er berühmter war als ich.

»Aber jetzt, Bruno, was für ein schlammiges und niederträchtiges Jetzt, in dem wir leben. Ich hasse dieses Internet. Alle haben Meinungen. Alle dürfen sie aussenden. Selbst wenn sich, und das passiert schon allzu selten, eine Zeitung meiner erbarmt und ich einen Artikel schreiben darf … hast du das Internet schon gesehen? Hast du gewusst, dass es da nach dem Ende eines Artikels einen Ort gibt, an dem sich schrecklich faulige Gestalten tummeln und eigene Meinungen dazu haben? Und diese Meinungen sind so laut! Und es sind so viele Meinungen. Sie lassen mir keinen Platz zum Atmen. Hast du so was schon erlebt, Bruno, dass dich die anderen umzingeln und dir die Luft zum Atmen rauben? Weil sie dich anschreien?«

Erst jetzt bemerkte ich, warum mich Franz' Monolog so in Unruhe versetzte. Noch in meiner Wohnung hatte er seine Stirn in Falten gelegt, es waren grobe Wülste mit tiefen Furchen dazwischen, und seither hatte er sich kein einziges Mal entspannt. Die Falten blieben, rot und klobig, auf seiner Stirn. Ich konnte gar nicht mehr wegsehen. Es machte mich fertig. Man konnte doch nicht so lange, über eine Stunde lang, so angespannt die Stirn runzeln. Er redete und redete, aber ich hatte nur Augen für diese dicke fleischige Stirn. Jetzt hör doch auf, dachte ich, und entspanne deine Stirn. Die Wülste wurden immer durchbluteter. »Jetzt hör doch endlich auf, deine Stirn in Falten zu legen!«, brüllte ich über den Friedhof und Baxter blickte überrascht zu mir her, die große Kerze, die er auf einem Grabstein gefunden hatte, plumpste aus seinem Maul.

Gerade als der berüchtigte Hohlkopf Giovanni De Prossa zum dritten Mal aus dem Bett fiel, weil er beim Ficken so unkontrolliert mit den Armen wedelte, klingelte es an der Tür. Klingeln trifft es nur schlecht, denn mit dem ersten Klingelton begann Franz auch sogleich am Türknauf zu rütteln und laut zu rufen: »Bruno! Bruno! Ich weiß, dass du da bist!« Dabei hatte ich doch nie etwas anderes behauptet, aber jetzt hätte ich mich gerne erst recht im hintersten Winkel eines Schranks versteckt und die Luft angehalten, bis die aufgeregte Stimmung meines Freundes verschwunden wäre. Oder besser, dachte ich, ich nehme mir Ohrenstöpsel und lege mich einfach hin, aber zu meiner großen Überraschung – man kennt sich eben selbst nicht wirklich gut –, nahm ich die Kassette aus dem VHS-Rekorder und öffnete die Tür. Anstatt mich für meine abenteuerliche Leidenstoleranz zu feiern, kam mir Franz Sebastian mit Vorwürfen:

»Was kann denn da so lange dauern? Willst du mich auf dem Gang erfrieren lassen? So weit ist es mit mir schon gekommen, dass ich hier auf dem Gang mit weißem Kalk zugeschneit werde, während du dich in deiner warmen Wohnung am Cognac und irgendwelchen Vintage-Playboy-Heften erfreust.«

Er war sauer, dass es nicht geklappt hatte, seinen Roman mit Sex zum Skandalbestseller aufzupimpen. Hatte er in den Monaten vor der Veröffentlichung doch den Mund gar nicht mehr zubekommen vor lauter »Was ist denn der philanthropische Antagonismus anderes, als ein unabstraktes Ficken, dem es völlig egal ist, ob ihm ein Wollen oder ein Nichtwollen zugrunde liegt?« oder sich für eine Form einer sexuell-kommunistischen Disruption starkgemacht. In Interviews schwärmte er von einer Gesellschaft, die Männern und Frauen sexuelle Wanderjahre auferlegte, in denen sie, operativ zum anderen Geschlecht gemacht, ficken konnten, was das Zeug hielt, bevor sie wieder in ihr ursprüngliches Geschlecht transformiert wurden, wenn sie das noch wollten. Zum einen, um den gegenseitigen Respekt vor den Gefahrenzonen zu schüren, aber konkret vor allem darum, damit die Frauen endlich lernten, wie man einen Penis anfasst, ohne ihn grün und blau zu kneten. Aber dann floppte sein Buch, und ein düsterer Griesmut legte sich über seine spielerische Freude am Geschlechtlichen. Seither rümpfte er jedes Mal die Nase, wenn die Sprache auf Sex kam, dann drehte er sich um und machte: »Pffhh!«

Doch jetzt stand er vor meiner Tür, aufgedreht und bereit, mich stundenlang mit Vorwürfen zu quälen. Das würde ich nicht aushalten. Um Franz den Wind aus den Segeln zu nehmen, streichelte ich langsam seine Wange und sagte: »Du hast recht. Ich hätte dich nicht so lange warten lassen sollen. Wie dumm von mir.«

Für einen Moment verengten sich seine Augen zu einem erbosten Blick, weil ich ihm das schöne Schimpfen verleidet hatte, dann fasste er sich und betrat die Wohnung.

Sogleich kam Baxter herangetrottet und drückte seine Nase in Franzens Schritt. Franz quiekte beschämt und schob Baxters Schnauze weg. Anscheinend war es genau diese Art von kecker interessierter Zärtlichkeit, die Franz gebraucht hatte, um sich zu beruhigen. Er atmete durch.

»Ich hab eine fantastische Idee, um wieder zu Geld zu kommen, Bruno, und du wirst mir dabei helfen!«

»Bei dir piept's wohl!«

»Wir leben vielleicht in den letzten Sekunden der Geschichte, in denen es noch möglich ist, mit einer Idee zu Geld zu kommen.«

»Wer sagt das? Habe ich das gesagt?«

»Deshalb müssen wir jetzt schnell sein. Wir dürfen nicht lange warten.«

»Du vergisst, dass ich ausgesorgt habe, Franz. Mir geht's blendend. Ich habe keine Nachkommen, um die ich mich sorgen muss, mein Überlebenskampf ist ausgekämpft. Ich muss nur noch zusehen, dass ich mit meinem Reichtum gut haushalte und meine Freunde nicht zu sehr verwöhne.«

»Das ist natürlich das größte Risiko, da gebe ich dir recht, dass sich der beste Freund in der Welt nicht mehr zurechtfindet und trotz seines gewaltigen Talents Hunger leiden muss, weil sich die Spielregeln heimlich so geändert haben, dass nur noch die Dümmsten und Dreistesten auf den Podesten stehen.«

»Du hast eben vergessen, dich vom System kaufen zu lassen, und jetzt jammerst du rum.«

»Ich jammere gerade nicht rum. Das ist es, was ich dir sagen will. Ich habe einen gewaltig guten Plan, um mein Ruder herumzureißen. Mein Ruder, das mehr und mehr zu einem Anker wurde, der mich an den Grund des Meeres zog, habe ich in einen Pfeil verwandelt, der mich zur Sonne schießen wird.«

»Jetzt komm endlich zum Punkt. Selbst Baxter legt schon die Ohren an.«

»Wann immer man mit einem Schriftsteller redet, hört man nur Klagen über Klagen. Das Schreiben könnte so viel Freude bereiten, wenn nicht die vielen Natur- und Stadtbeschreibungen wären. Da sitzt man am Schreibtisch und birst vor Ideen, wie es in der Handlung nun weitergeht, und dann muss man erst all die Zweiglein und Gräser des Waldes und die prächtigen Wurstkränze auf dem Bauernmarkt beschreiben, die Geräusche der Großstadt, die Äderchen auf schimmernder Haut. Da wird einem doch der Hund in der Pfanne verrückt. Seit Balzac hat es doch keinen ernst zu nehmenden Schriftsteller gegeben, der sich darob nicht die Haare gerauft hätte! Aber die Leser lieben es. Dafür bezahlen sie ja den Schriftsteller, damit sie sich nicht alles selbst ausdenken müssen. Hat nicht Adalbert Stifter gesagt, wie gerne hätte ich die Zeit zurück, in der ich mir den Kopf zerbrach über die Beschreibung von Kirschenhaut und Axtstielen, denn hätte ich mir diese Zeit wirtschaftlich zunutze gemacht, dann wäre ich jetzt ein Krösus, der die Brüste meiner Landsleute zum Schwellen bringt, mit seinen Supermoneten?«

»Den Satz hast du doch gerade eben erfunden«, entgegnete ich, und um auch das Offensichtliche zu äußern: »Adalbert Stifter hätte doch nie das Wort ›Supermoneten‹ gewählt.«

»Du sagst es! Stundenlang wäre der zerknirschte Zausel am brotharten Schreibtisch gesessen, um sich ein schöneres, passenderes Wort herauszuklauben. Und dabei hätte er in der vergeudeten Zeit über duftende Wiesen flanieren können, einem Zeppelin nachlaufen, einem Dromedar im Zoo die Zunge zeigen oder den Daumen im Schoß einer erfreuten Mademoiselle vergraben können, und ich habe das eben so spontan rausgeschossen, wie ich übrigens gerade den ganzen Satz einfach so erfunden habe.« Er grinste mich stolz an. »Die Dichter haben es zu schwer. Das wissen wir beide doch am besten. Es wird Zeit, dass ihnen jemand zuhilfe kommt.«

»Lass mich überlegen. Wer könnte denn den Dichtern bloß zuhilfe kommen?«

Franz strahlte übers ganze Gesicht. Er war im Begriff seine Hand zu heben, aber so einfach wollte ich es ihm nicht machen. Ich drehte mich zur Seite und betrachtete eingehend die Zimmerwand.

»Na, ich natürlich«, platzte er heraus.

Giovanni De Prossa, der Darsteller des *Fuckman*, wurde von einer Nebendarstellerin auf 35.000 Euro verklagt, weil er während einer Szene versehentlich aus ihrer Vagina rutschte und seinen Penis so fest in ihren Anus rammte, dass die Unglückliche eine schmerzhafte Fissur in sieben Schnittlagen ihres Analkanals erlitt.

Franz legte seine Aktentasche auf meinen Esszimmertisch und entnahm ihr einen Karteiordner mit unzähligen vielen kleinen Kärtchen.

»Hier«, sagte Bruno, »habe ich über tausendfünfhundert fix vorgefertigte Beschreibungen von verschiedenen Naturszenen. Allein in der Kategorie ›Wälder‹ habe ich über zweihundert Beschreibungen. *Fichtenwald, Winterwald, karges Forstgebiet.*« Gehetzt kramte er in seinem Kasten und zückte blitzschnell die entsprechenden Karteioberbegriffskärtchen.

Giovanni De Prossa versuchte einem Gerichtsprozess zu entgehen, indem er die Dame außergerichtlich ehelichte. Es wurde allerdings keine schöne Ehe, da sich die Dame weigerte, ihre ehelichen Pflichten zu erfüllen. Sie hatte große Angst, erneut Schmerzen zu erleiden. Sie wickelte das Leintuch um ihren Körper und drängte sich, bleich und zitternd, an den oberen Rand des Betts.

»Angenommen, du schreibst eine Szene, zum Beispiel eine Geldübergabe im Wald. Jetzt kannst du dich sorgenfrei dem Plot widmen. Vergiss das Stöhnen und das Ächzen, und kaufe dir einfach eine meiner Waldbeschreibungen. Für 50 Euro pro Beschreibung bekommst du die ungeteilten Werknutzungsrechte und musst dich nie wieder darum kümmern. Jetzt will ich dich nicht beleidigen, aber du weißt es wahrscheinlich selbst am besten, dass du nicht die Art Schriftsteller bist, von dem man sich auch nur einen Funken literarische Finesse erwartet, die Leute haben resigniert und freuen sich über deine guten Einfälle und sexuellen Explizitäten, eine gute Sprache wäre da wahrscheinlich schon zu viel des Guten, aber du kennst doch jede Menge echte Schriftsteller! Ich brauche Referenzen, Bruno. Wenn du mir hilfst, zeige ich dir ein Foto von Hilda!«

»Bitte?«

»Ich habe ein Foto von ihr. Ein neues. Wie sie jetzt aussieht.«

Ich wusste nicht, was ich sagen sollte.

»Sei mein Parfüm, sei mein Türöffner! Mit dir komme ich weit, und du musst dir keine Vorwürfe mehr machen, weil du zu wenig tust, um die Härten meines Lebens abzufedern.«

Ich blickte zu Baxter, Baxter blickte zu mir. Seufzend zückte ich mein Handy und scrollte durch mein Telefonbuch.

Wir läuteten an der Tür von Franzobels Villa in Hietzing. Er war unsere letzte Station an diesem Abend. Franz tänzelte nervös vor der Tür, während wir warteten. Er versuchte eine optimistische Miene aufzusetzen, obwohl weder Marlene Streeruwitz, Clemens Setz oder Friederike Mayröcker auch nur einen Satz aus seiner Kartei gekauft hatten. Einzig Clemens Setz schien an einer Beschreibung eines Kräuterbeets Interesse zu zeigen, aber die Kräuter, die ihn interessierten, waren so spezifisch (irgendwelche Halluzinogene für Bergziegen), dass Franz keine Beschreibung vorrätig hatte.

»Ich kann die natürlich auf Wunsch anfertigen. Ich recherchier das und schreib das ratzfatz runter. Innerhalb von drei Tagen.«

Setz kratzte sich lange den Kopf, er fand die passenden schonenden Worte nicht, er schwieg. So wurde uns nach wenigen Minuten offenbar, dass wir gehen sollten.

Franz war natürlich klar, dass keiner oder keine der bisherig Besuchten auf seine Geschäftsidee zurückgreifen würde, aber da sie auch nicht dezidiert Nein gesagt, sondern irritiert stotternd auf eventuelle Begebenheiten in der Zukunft verwiesen hatten, fühlte er sich verpflichtet, unseren trostlosen Gesprächen etwas Positives abzugewinnen.

»Hast du gesehen, wie betroffen sie wirkten, als ich von meiner Idee erzählte? Ich glaube, ich habe mit meiner Idee einen mehr als wunden Punkt erwischt. Wenn sie sich erst mal daran gewöhnen, Hilfe zu akzeptieren – da ist ja oft viel unnötiger Stolz dabei –, dann wird das eine große Sache.«

Endlich öffnete sich die Tür; mir gingen schön langsam die ambivalenten Aufmunterungsgesten aus, die einerseits Aufmunterung signalisierten, andererseits auch Unterstützung, es sein lassen zu dürfen, schließlich war das Ganze von jeher eine Schnapsidee gewesen, aber klarerweise ist es besser, irgendetwas zu tun, als unterzugehen, ohne zu strampeln.

Ein Mann Mitte 20 öffnete die Tür. Ein echtes blondes Milchgesicht mit einem richtigen Milchbauch und herrlich teigigen Brüsten. Da musste man nichts erahnen, die baumelten frech an der frischen Luft, der junge Mann steckte in einer silberfarbenen Latexhose, die den Oberkörper bis auf zwei sich überkreuzende Hosenträger frei ließ.

»Ah«, sagte der junge Mann. »Ihr wollts zum Franzo.« Er jonglierte ungeschickt mit einer Bratpfanne und einem Geschirrtuch, um uns die Hand zu reichen, überlegte es sich dann aber aufgrund der Kompliziertheit der Dinge anders und deutete einfach in die Richtung, in die wir gehen sollten. »Der Franzo wartet schon auf euch.«

Franzobel begrüßte uns. Er wirkte jetzt schon geschafft.

»Hört mal, Burschen«, sagte er. »Was auch immer es ist, können wir es uns nicht einfacher machen, indem ich vorab einfach Nein sage, und wir lassen es einen guten Tag sein und gehen aufrecht getrennte Wege. Ich bekomme doch Gäste. Ihr wolltet vor drei Stunden hier sein. Jetzt habe ich es schon ein bisschen eilig und euer Anblick gibt mir wenig Hoffnung.«

Wie auf Befehl warf jetzt der junge Mann in der Latexhose das Geschirrtuch über die Schulter und ging in der offenen Küche zum Herd, wo er mit dem Rücken zu uns damit begann, Pilze in einer großen Pfanne knusprig zu braten.

Franz ignorierte Franzobels durchaus vernünftigen Vorschlag und setzte sich an den gedeckten Tisch, wo er seine Aktentasche öffnete. »Ich sehe«, sagte er. »Du bist ein Mann, der gerne die Kanten von den Sekunden schneidet. Unser Leben ist kurz und es gibt viel zu tun, deshalb … mhh, das duftet aber wahnsinnig gut, was dieser junge Mann da zubereitet, bist du sicher, dass auch wirklich alle Gäste kommen? Hat vielleicht jemand kurzfristig abgesagt? Andererseits, wenn die Gäste ebenfalls alle Schriftsteller sind, ist es vielleicht überhaupt sinnvoll, wenn ich bleibe und mein Projekt allen zusammen vorschlage.« Franz war in seinem Element.

»Geh bitte!« Verärgert richtete Franzobel eine Gabel auf dem Tisch. »Ich verderbe mir doch nicht den Abend, indem ich mich mit Autoren umgebe.« Ich freute mich über diese Worte und nickte euphorisch. »Aber ich will einen schönen Abend. Deshalb habe ich mir Ringer eingeladen.«

Ohne sich umzudrehen, ließ der junge Koch einen seiner silbernen Latexhosenträger auf dem Rücken schnalzen und wackelte dabei mit seinem Hintern.

»Was für eine herrliche Vernunft!« Franz klatschte in die Hände. »Wer will nicht so viel Zeit wie möglich mit dem virilen Charme von Ringern verbringen und so wenig wie möglich mit dem Knarren des eigenen Buckels, wenn man stundenlang über den Schreibtisch gebeugt sitzt, um kleine Tröpfchenpilzgruppierungen bis zum letzten Tröpfchen zu beschreiben?«

Endlich hatte Franz seine Eröffnung gefunden, um sein Geschäft anzupreisen. Er stellte die Karteikästchen auf den Tisch und zückte Kärtchen um Kärtchen seine Kurzbeschreibungen. Unverhohlen genervt ließ Franzobel den Elevator-Pitch (es war eine lange, lange Liftfahrt) über sich ergehen. Als er von Franz direkt aufgefordert wurde, zu gestehen, welch großartige Erleichterung diese Idee für ihn sei, stand er auf und meinte nur: »Das bringt mir doch alles rein gar nichts. Ich schreibe doch fast nur noch Krimis und die spielen in der Großstadt. Außerdem klingen deine Beschreibungen viel zu altmodisch, ich habe doch einen guten, rotzigen, modernen Stil und abgesehen davon sind deine Formulierungen scheußlich. Hier zum Beispiel ...« Verächtlich zog er eine der Karten heraus. »Was soll denn das überhaupt heißen, dass *ein Mondlicht wie ein portugiesischer Uhu auf den Wald scheint*? Und hier: *Der Himmel wirkte wie mit verbogenen Fenstergittern bestraft, da erfasste mich irrlichternde Freude und Beifallslust*. Das ist doch total beknackt, und vermutlich sind deine Texte auch noch biologisch falsch, aber da müsste ich jetzt mühsam nachrecherchieren und ich habe schon genug Zeit mit euch verschwendet. Guten Abend!«

»Aber du wolltest dir doch überlegen, ob ich noch Platz habe unter deinen Gästen.«

»Ach, macht euch vom Acker, ihr Obstköpfe, nichts für ungut!«

Der junge Ringer sorgte dafür, dass die Haustür mit einem gewaltigen Rumms hinter uns zufiel. Auf dem Weg zum Auto, die Aktentasche fest an sich geklammert, meine Franz: »Na ja, das ist jetzt mittelgut gelaufen.«

Ich zuckte mit den Schultern und öffnete ihm die Autotür.

Als ich starten wollte, bat mich Franz müde, noch ein bisschen zuzuwarten. Wir hatten im Auto einen guten Ausblick auf das Fenster von Franzobels Wohnzimmer. Bald kamen die Ringer in einem VW-Bus, läuteten Sturm und heulten wie Wölfe, aber auch jetzt wollte Franz nicht fahren.

Der junge Koch öffnete die Tür, und unter großem Hallo zog man in das Wohnzimmer, wo zwei Ringer Franzobel hochhoben und ein paar Mal kreisen ließen, bevor sie einander mit Faustknöchelklopfen begrüßten. Sekt wurde geöffnet, gelacht, sich zu fest auf die Schulter geklopft, und Bierdosen mit einem Schluck geleert und in der Hand zerquetscht. Bei uns im Wagen wurde die

Luft immer kälter, aber jetzt den Motor anzuwerfen, hätte uns verraten.

Franz beobachte konzentriert die Szenerie, seine Lippen bewegten sich unentwegt, als würde er im Geiste schon die Worte üben, die gelungene Rede, um sich mit einer geschickten Finte unter die fröhliche Abendgesellschaft zu mogeln – und fröhlich waren sie, herrje, waren die fröhlich. Da wurde geschubst, gelacht, gewiehert, mit den knusprigen Pilzen herumgeworfen, auf Franzobels Kopf landete ein Salatblatt, worauf er dem vermeintlichen Übeltäter, dem jungen Koch, die Sauciere auf dem Haupt ausleerte. Der Abend entglitt schneller als gedacht. Schon warf sich der junge Koch auf Franzobel, Franzobel schulterte ihn überraschend behände und warf ihn auf den Tisch, der in sich zusammenkrachte. Als dann ein zwei Meter großer Hüne im Piratenoutfit auf einen Kasten stieg, um von dort aus seine Anaconda auf Franzobel zu werfen, war der Spaß perfekt. Später, als alle fröstelnd vor Kälte auf der Terrasse standen, um zu rauchen und zu kichern, resignierte Franz. Er beendete seine lautlosen Sätze, seine Lippe sackte zitternd ab, er stieß einen lang gezogenen Seufzer aus, sammelte sich noch einmal kurz, und deutete mir, den Wagen zu starten.

Auf dem Weg in die Innenstadt zeigte mir Franz das Bild seiner Schwester. Ich kaufte ihm zwanzig Waldbeschreibungen ab. Wir fuhren über die Höhenstraße in die Stadt. *Wie schnurrende Schlangen rieselten die Schneeflocken in die Wipfel der Bäume.*

Die Stierkämpferin (Spanien, 1976)

Manchmal will man nur einen gepflegten Kunstfilm sehen, dazu einen guten Rotwein, die Füße in warmen dicken Socken auf den Hocker legen und dann entscheidet sich das junge Fräulein, dem man über viele Minuten hinweg zugejubelt hat, wegen ihres Mutes und ihrer Durchbeißkraft, die es ihr ermöglicht hatten, sich in der härtesten Männerbranche emporzuarbeiten, nicht für einen der kecken Männer mit Schnauzbart und knackigem Männerarsch in goldverzierten engen Hosen, sondern für den blutverschmierten Stier, und anstelle des vorzüglichen eleganten spanischen Geschlechtsverkehrs, auf den man die ganze Zeit gehofft hatte, sieht man jetzt das arme Ding unter dem voluminösen Tier liegen, ihr Gesicht verzerrt vor Ärger und Überraschung. Sie hat sich die animalische Grenzüberschreitung irgendwie besser vorgestellt, der Stier ist zu grob, seine Technik zu plump. Sie schließt die Augen, denkt an etwas anderes, will es eben schnell hinter sich bringen, da schnaubt der Stier in ihr Gesicht und beginnt schneller und schmerzhafter zu stoßen. Seine Augen verdrehen sich vor Lust, als er hervorpresst: »Sag, dass du mich liebst! Sag: Ich liebe dich! Oh ja, sag, dass du mich liebst.«

Später zieht sie sich an, schweigend, eine verärgerte Miene auf ihrem Gesicht, dann verlässt sie das Zimmer im Stundenhotel. Der Stier blickt ihr verblüfft nach, dann trommelt er vor Selbsthass mit den Hufen auf seinen Kopf.

Noch Monate später wird sie angerufen, mitten in der Nacht, mit einem leisen Schnauben an der anderen Leitung, sonst nichts; nur einmal ein zartes, kaum zu hörendes Pochen, als würden Tränen auf das Mikrofon tropfen. Sie verletzt sich das Bein, als im

Möbelsupermarkt ein Regal auf sie fällt, und muss das Stierkämpfen aufgeben. Sie zieht nach Monte Gordo und probiert das Wellenreiten. In der Nacht, wenn sie aus dem Fenster blickt, steht da der Stier zwischen den Bäumen und schüttelt seinen Kopf. Das geht über ein Jahr, irgendwann lässt er sich nicht mehr blicken, die Stierkämpferin hat keine Ahnung, warum. Hat er aufgegeben oder ist er verstorben? Sie weiß es nicht, und es ist ihr auch nicht wichtig.

Das Telefon klingelte. Marvin Latsko war am Apparat. Er wollte sich mit mir treffen, wenn möglich gleich. Er stand vor der Haustür.

Er wirkte verstört, bleich. Er schlotterte, als er sich die Zigarette anzündete. Immer wieder blickte er mich eingeschüchtert an, ob ich sie ihm wieder aus der Hand schlagen würde.

»Ich habe mich da wirklich weit aus dem Fenster gelehnt, Bruno, aber du deliverst einfach nicht. Was soll ich bloß machen? Das Zielgruppen-Targeting bricht zusammen. Die Clicks waren am Anfang sehr gut, nicht sensationell, also nicht wie unsere Moneyboy-Serie, aber doch nicht so schlecht. Das hätte was werden können. Jetzt sind die Quoten auf stabilem Niveau. Zwar prinzipiell nicht so schlecht, aber wir haben die User getrackt und die sind alle zu alt. Was sollen wir denen denn verkaufen? Heizdecken?«

»Eine geheizte Decke ist doch etwas Schönes. Da muss man sich doch nicht darüber lustig machen.«

»Ich weiß schon, dass ich dir nicht drohen kann, aber das will ich auch nicht. Ich bin gekommen, um dich anzubetteln. Um zu weinen.«

Das arme Kind. Es dachte wohl, weil ich mich von Franz gerne erweichen lasse, sei Jammern mein wunder Punkt. Aber das stimmt so nicht. Ich helfe ungern aus. Die Menschen sind anstrengend genug, und eine echte nachhaltige Lebenshilfe war ein Aufwand, den ich einfach nicht zu leisten gewillt war. Mit Franz war das eine andere Sache. Wir hatten eine Geschichte zusammen und ich wollte wissen, wie sie weitergeht.

»Ich verstehe einfach nicht, warum du den Leser immer noch siezt. Wir hatten das doch besprochen! Du generierst keinen Werbekuchen. Dein Werbekuchen schmeckt nicht. Niemand will von deinem Werbekuchen essen. Ich war ein aufstrebender Star. Der Crazy Marvin mit seinem verrückten Riecher. Der weiß, wie die Jugend tickt, der weiß, wie die Jugend klickt. Aber Nikey grüßt mich nicht mehr am Gang! Wir haben uns immer die schlaffsten High-Fives gegeben. Es war ein Joke zwischen uns. So ein Joke zwischen uns. Diese schlaffen High-Fives. Ich habe doch nichts anderes, ich habe nichts anderes gelernt, ich habe nichts, wo ich hinwechseln kann, es gibt doch nichts.«

»Ihr macht immer das, was man von euch verlangt. Das ist das Problem.«

»Hä? Aber der Westen …«

»Du hast Glück. Nächste Woche kommt eine knackige Geschichte, an der ich schon seit Längerem recherchiere. Sie ist voll mit wildem Sex, mit Abenteuer, mit dem Geruch der Verruchten. Da wird ordentlich zur Sache gegangen. Die Millennials werden es anklicken wie die Verrückten. Es ist ein Klick-Köder, der schmeckt. Das wollt ihr doch immer.«

Marvins Gesicht hellte sich zögerlich auf. »Ist die Geschichte sexy, aber auch ironisch?«

»Die ist sehr sexy und verdammt ironisch!«

»Das ist gut«, atmete Marvin erleichtert auf. »Und ist sie auch kurz und knackig? Die langen Geschichten gehen irgendwie nicht so gut, du weißt schon, *too long to read* und so.«

»Die Geschichte ist sogar superkurz!«

Um mich versöhnlich zu zeigen, hielt ich ihm meine Hand hin, zum High-Five, zum superschlappen High-Five, doch als Marvin einschlug, schloss sich bereits die Haustür hinter mir und ich begab mich die Stiegen hinauf zu meiner Wohnung, zu meinem Hund, der mich liebte, zu meinem Fernseher und zu meinen warmen Socken.

Gemeinsam mit meinem Hund Baxter war ich auf dem Weg ins waldreiche Mittelschweden, um Sylvia Bargen zu interviewen. Zwei Wochen hatte ich gebraucht, um die Adresse der legendären Erotikfilmdiva aufzustöbern. Seit einem Vorfall in den 80er Jahren lebte sie zurückgezogen mit ihrem Lebenspartner am äußersten Rand der historischen Provinz Dalarna.

Auf der Autobahn begann es zu schneien und der Verkehr kam zum Erliegen. Baxter, der bis dahin schwanzwedelnd aus dem Fenster geblickt hatte, wurde nervös. Gab es bis zu diesem Zeitpunkt für meinen Hund viel zu sehen – dichte Wälder, Backsteinbauten mit rauchenden Schloten, dicke Kinder, die auf den Rücksitzen Kröten aus Holz schnitzten, Tankstellenbesitzerinnen in Tracht und vieles andere –, war die Aussicht mit einem Mal karg und ereignislos geworden. Nur milchiger Nebel und Schwärme von Schneeflocken, die gegen die Scheiben wehten. Baxter jaulte und kaute nervös an seinem Schwanz. Das Brummen des Wagens hatte ihn bislang beruhigt, nun, in der erzwungenen Ruhe, spürte er die Getriebenheit allen Seins … das ist natürlich starker Tobak für einen Hund.

In den späten 80er Jahren war Sylvia Bargen der vielbestaunte Star der Filmreihe *Sylvia On Fire I–IV* gewesen. Diese Filme überraschten mit einem bis dahin noch nie dagewesenen erotischen Effekt: Sylvia Bargen konnte so gekonnt und schnell einen Blowjob verrichten, dass die Penisspitze des Partners ob der kolibrischnellen Reibung wie ein Zündholzkopf entflammte, in einem hellen Blitz, aber nur für einen kurzen Moment, denn solcherart übermenschlich war Sylvias Timing, dass genau zum selben Zeitpunkt der bearbeitete Pornodarsteller zur endgültigen Verzückung gelangte. Sodann ergoss sich sein Saft aus dem Schaft und löschte das Feuer mit seiner Milcheslust.

Es war, fast mochte man sagen, zirkusreif, aber dieser Zirkus war nichts für Kinder, sondern für zwielichtige Connaisseure des Verdorbenen. Im Nu erreichte Sylvia Bargen einen Bekanntheitsgrad wie ein Alternative Rockstar. Die Filmreihe war ein Riesenerfolg. Trotz ihrer beschaulichen Produktionsmittel – die Filme waren mehr oder weniger begeisterte Amateurproduktionen, die Sylvia mit ihrem Mann und ein paar befreundeten Pärchen an langen Wochenenden abdrehten – schlugen die Filme auf dem Heimvideomarkt ein wie eine Bombe.

Wie wäre es wohl, wenn man dieses einzigartige, wunderbare Talent mit dem Kapital der Industrie ausstattete? Den Film mit den Mitteln einer amerikanischen Hollywood-Produktion produzierte? Wäre dann nicht der Durchbruch in den Mainstream unweigerlich? Dies dachte sich auch Sylvia Bargen und folgte dem Ruf nach Silicon Valley. Dort sollte sie auf Hass und Verachtung treffen, auf kriminelle Energie und Abgründe der Menschlichkeit – auf eine dunkle zerstörerische Zeit, die Sylvia zunichtemachen sollte. Über diese Zeit wollte ich mit ihr sprechen.

Doch zuvor galt es meinen Hund zu beruhigen, der vermehrt Anzeichen eines Nervenzusammenbruchs zeigte. Er führte sich auf wie eine hysterische kleine Töle, bellte laut und hell, in einer Frequenz, die mich im Kopf erschütterte und mich sofort nach einer Packung Zigaretten gieren ließ. Er drehte sich im Kreis, trat gegen meine Rückenlehne und biss den Rücksitz auf. Das Innenfutter spuckte er dann in Richtung Handbremse. Mir war klar, dass so eine lange Autoreise für einen Hund belastend sein konnte, aber schließlich hatte ich ihn extra deshalb mitgenommen: um ihn aus seinem Alltagstrott herauszureißen! Er schien sich für nichts mehr zu interessieren. Weder jagte er Hündinnen nach, noch Knochen, nicht einmal gutes Essen konnte ihn begeistern. Der Tierarzt konnte nichts finden, seiner Meinung nach handelte es sich um eine typische Mittelstandsneurose. Der Hund wollte mehr Aufmerksamkeit. Oder es war ihm alles zu viel und er wollte in Ruhe gelassen werden. Mit Sicherheit könnte man das nur nach einer Autopsie feststellen.

Ich fuhr beim nächsten Rastplatz ab und bot Baxter eine Zigarette an, aber er war nicht interessiert. Da bin ich selbst schuld. In all den Jahren war es mir nicht gelungen, Baxter von den Freuden des Tabaks zu überzeugen. Dabei hätte es ihm jetzt helfen können, die Nerven zu kühlen und wieder zur Ruhe zu kommen. Aber Baxter schnüffelte nur kurz in Richtung der brennenden Zigarette, dann machte er sich wieder knurrend am Sitz zu schaffen. Diese Hektik würde ich die restliche Fahrt nicht ertragen können. Ich griff in das Handschuhfach und entnahm eine Tupperware-Dose mit präparierten Vanillekipferln. Da Baxter nie und nimmer eine Beruhigungstablette einnehmen würde, hatte ich mir im Laufe der Zeit eine gute List einfallen lassen. Ich setzte auf seine Gier und hatte in der Mitte des Vanillekipferls beruhigend wirkende Miltaun-Tabletten versteckt. Prompt schnappte er, ohne zu zögern, nach dem trojanischen Pferd in Gestalt eines Vanillekipferls und schluckte es nach drei herzhaften Bissen hinunter. Als ich ihn zur Belohnung streicheln wollte, schnellte er überraschend in Richtung Tupperware-Dose vor und schlug sie mir aus der Hand. Sämtliche Kipferl verteilten sich auf dem Rücksitz, und noch ehe ich sie einsammeln konnte, hatte Baxter mehr als die Hälfte davon verspeist. Es sollte ein bisschen dauern, ich war schon an einigen Kleinstädten vorbeigesaust, da bewegte sich Baxter nur noch wie in Zeitlupe. Er versuchte in die Luft zu steigen, als wäre da auf dem Rücksitz eine unsichtbare Treppe, auf der er mit majestätischer Langsamkeit in den grauen Himmel hätte davontrotten können, dann fiel er zur Seite und schlief ein.

Er wirkte glücklich und auch ich war jetzt zufrieden. Ich summte und rauchte und trommelte auf das Lenkrad zur tollen Melodie, die ich summte. Der Stau löste sich bald auf, und in weniger als zwei Stunden war ich an meinem Ziel angelangt.

Es war ein kleines, heruntergekommenes Dorf, in dem Sylvia Bargen wohnte, Container und zerfallene Gartenhäuschen standen dicht nebeneinander. Dazwischen gab es Wirtshausbuden und verrostete Kinderspielplätze und riesige dunkle Tannen. Nur der Schnee schien dem Ganzen noch einen letzten Rest an Würde zu geben.

Die Straßen waren schlecht beschildert. Es dauerte Ewigkeiten, bis ich die richtige Adresse fand. Da war es schon dunkel geworden, der Nachthimmel in einem schwarz-gesättigten Blau.

Ich parkte gegenüber der Adresse, die ich mir aufgeschrieben hatte. Ich dämpfte die letzte Zigarette aus und warf einen Blick auf die Rückbank zu Baxter. Der lag auf dem Rücken und hatte alle viere von sich gestreckt. Die Zunge hing ihm aus dem Maul, er wirkte zufrieden, wie ein schlafender Depp. Ich ließ ihn schlafen und stieg aus dem Wagen aus.

Ich ging über die Straße und läutete an der Gartentür. Das Haus war in einem erbärmlichen Zustand, wie alle anderen Häuser in der Umgebung. Die Bretter auf der Veranda waren morsch und faulig. Man würde keinen Tritt darauf setzen wollen. Die Fensterscheiben waren gelb und fettig, nur eine Lichtschlange über der Eingangstür versuchte die Trostlosigkeit zu verscheuchen. Die direkt angebaute Garage schien größer zu sein als das eigentliche Haus. Als ich die Klingel drückte, ertönte blechern und schnarrend die Marseillaise. Trotz der Lautstärke sollte es ein paar Minuten dauern, bis sich die Tür öffnete. Ein grauhaariger Mann mit Schnauzbart und – fast wichtiger – grauen Brusthaaren auf einem entblößten Oberkörper öffnete. Er schützte seine Augen, um nicht von der Lichtschlange geblendet zu werden, und winkte mir zu, als er mich erkannte. Ein Summen ertönte und ich konnte die Gartentür öffnen. Der Schnee knarrte unter meinen Schuhen, als ich den kleinen Garten durchquerte. Ich schüttelte dem wenig bekleideten Mann die Hand. Dabei drückte er fest und angriffslustig zu. Seine vielen Ringe drückten sich in mein Fleisch. Die Goldketten, die er über dem nackten Oberkörper trug, schaukelten chaotisch. Er sagte, dass er sich freue, mich begrüßen zu dürfen, aber sein Gesichtsausdruck wirkte misstrauisch, verärgert und auch ein bisschen boshaft. Nun erst stellte er sich vor, es wäre aber gar nicht nötig gewesen, ich hatte ihn sofort erkannt. Er hatte sich große Mühe gegeben, sein Styling unverändert ins nächste und übernächste und überübernächste Lebensjahrzehnt mitzunehmen – das hatte sich in puncto Wiedererkennbarkeit eindeutig mehr ausgezahlt als in puncto Würde. Ohne Zweifel handelte es sich bei diesem Mann um Hunter Sommerlath, den Produzenten und Hauptdarsteller der *Sylvia on Fire*-Filmreihe sowie Ehemann von Sylvia Bargen.

»Sylvia macht sich gerade zurecht«, sagte er. »Darf ich Ihnen inzwischen einen Drink anbieten? Am besten etwas Hartes, das Sie wärmt. Die Anfahrt muss ja anstrengend gewesen sein, das Wetter und der Schnee. All die Kälte und die Nacht. Sie werden überrascht sein, wie gut sie aussieht. Es ist schließlich schon einige Zeit her, dass sie in einem Film zu sehen war. Was haben Sie gesagt, wollen Sie trinken?«

»Kaffee mit Orangenschnaps. Wie sieht es damit aus?«, verlangte ich.

Hunter wirkte mit einem Mal etwas traurig, bestürzt, er griff sich an die Stirn, massierte sie langsam und blickte zu Boden. »Jaja«, sagte er und leckte sich die Lippen, blickte aber immer noch zu Boden und massierte seine Stirn. Dann schnipste er mit den Fingern. »Na, dann gehe ich doch gleich zu den Nachbarn. Die sind ganz verrückt nach Kaffee.«

Er begleitete mich in die Küche, bot mir einen Stuhl an und legte mir ein Magazin auf den Küchentisch, sagte, ich solle es mir gemütlich machen, einen Augenblick, er sei bald wieder da, und ging nach draußen. Ich setzte mich und blätterte in dem Magazin. Natürlich handelte es sich um eine Autozeitschrift. Was hatte ich mir anderes erwartet? Beim Eintreten hatte ich mir gedacht, in dem Haus stinkt es aber gar ordentlich, aber jetzt, als Hunter Sommerlath nach draußen gegangen war, war auch dieser milchig-säuerliche Geruch verschwunden, ein Geruch wie, wie … haben Sie schon einmal an einer Bundesstraße Richtung Zagreb einem Straßenverkäufer einen dicken weißen Laib Käse abgekauft? Dann kann ich mir die Beschreibung ja ersparen. Es war aber auch nicht so, dass es im Haus jetzt wie bei Paris Hilton roch. Da waren noch einige geheime Geruchsnester, die man aufspüren konnte, in den Kübeln und Laden, und auch der Kühlschrank machte mir nicht den Eindruck, als würde er jeden Tag gewartet. In der Spüle stapelten sich Weingläser und Aschenbecher, auf einem Kasten stand eine zerbrochene Pfeffermühle. Die Einrichtung war eine Mischung aus neureichem Kitsch und Wohnwagentrash. Und überall dieses gelbe schwefelige Licht, irgendwie wie … haben Sie schon einmal um Mitternacht eine Tankstelle im Norden von Ungarn überfallen? Im Haus vernahm ich kein Geräusch. Kein Rascheln aus anderen Zimmern verriet die Anwesenheit von Sylvia Bargen. Es war mucksmäuschenstill. Nur eine Pendeluhr knackte leise mit dem Pendel. Nach ein paar Minuten wurde ich ungeduldig. Ich entlud meine Wut mit größtmöglicher passiver Aggression, indem ich ein begonnenes Kreuzworträtsel im Automagazin mit grimmiger Entschlossenheit willkürlich und falsch ausfüllte. Mit Kugelschreiber. Noch weitere zehn Minuten schmorte ich in meinem Zorn, dann wurde die Eingangstür aufgerissen. Schnee und Kälte wirbelten herein. Im Türrahmen stand Hunter Sommerlath, immer noch mit nacktem Oberkörper, nur seine Brustwarzen waren leichenblau und steif gefroren.

»Arschlöcher«, murmelte er und spuckte auf die Veranda. Dann trat er ein und schloss die Tür. »Darf ich Ihnen etwas anderes anbieten? Rum mit Wasser vielleicht, oder Kartoffelwodka? Beides aus der Gegend, ich kann es irgendwie nicht empfehlen.«

»Wie auch immer«, sagte ich.

Er rührte sich nicht von der Stelle. »Ist denn meine wunderschöne Frau noch nicht gekommen?« Ich zuckte mit den Schultern. »Das ist ja merkwürdig«, sagte er und dann kam er zu mir und beugte sich so über mich, dass seine Goldketten vor meinem Gesicht baumelten. »Fühlen Sie mal, wie kalt die sind«, forderte er mich auf, ich zückte eine Zigarette. »Die sind kalt, was? Das schmerzt richtig auf der Brust.« Er setzte sich zu mir an den Tisch. »Sie rauchen? Das ist doch gut.« Er stellte mir ein Bierglas hin. »Da können Sie die Asche reintun. Kein Problem. Wo bleibt denn nur meine wunderschöne Frau? Sylvia? Sylvia?!«

Wieder wurde die Haustür aufgerissen. »Schrei doch nicht so rum. Da bin ich doch.« Sylvia Bargen trat in den Vorraum. Hunter Sommerlath hatte recht. Seine Frau war immer noch wunderschön, man müsste nur alles wegschnitzen, was nicht schön war. Was zu fett war, zu verraucht, zu grau, zu rau, zu traurig. Sylvia Bargen hatte vielen Lastern gefrönt, und sie alle hatten ihre Spuren hinterlassen.

»Bruno Maria Haussmann«, stellte ich mich vor. Ich war aufgestanden und streckte ihr meine Hand entgegen, die sie aber ignorierte. Stattdessen hielt sie mir die ihre vor den Mund, da ich sie küssen sollte. Was soll der Blödsinn?, dachte ich, ignorierte wiederum ihre Hand und küsste Sylvia zur Begrüßung auf den Mund. Sie war verwirrt, wich zurück, fuhr sich mit dem Handrücken über die Lippen, verschmierte sich den Lippenstift. Nun verneigte ich mich förmlich und bot ihr einen Sitzplatz in der eigenen Küche an. »Es freut mich ungemein, dass ich Sie endlich persönlich kennenlernen darf.«

Sylvia Bargen und ihr Mann überlegten gerade, ob sie sich streitlustig geben sollten, wie es ihrem Instinkt entsprach. Andererseits wussten sie nicht, wie sie mich einschätzen sollten und vor allem, ob bei mir über das vereinbarte Honorar für das Interview hinaus nicht noch etwas zu holen wäre.

»Darf ich Ihnen Kekse anbieten, Herr Dr. Haussmann?« Sie hatte sich also entschieden, die Situation zu überspielen. Sicher wollte ich Kekse, warum nicht, sie schmeckten fürchterlich. Wie mit Karfiol statt mit Zucker, außerdem waren sie hart. Ich biss einmal ab, bevor ich den restlichen Keks in den Aschenbecher / das Bierglas warf. Hunter Sommerlath stellte eine Flasche mit durchsichtigem Alkohol auf den Tisch sowie drei kleine, schlecht ausgewaschene Schnapsgläser und setzte sich. Das Interview konnte beginnen.

Ich startete mit ein paar durchschaubaren Schleimereien, wie gut sie jetzt aussah, wie die Ästhetik ihrer Filme die Pornobranche für immer verändert hatte, wie sehr mich ihre Möse in jüngeren Jahren inspiriert hatte. Sylvia und ihr Mann brachten mir ein gewisses Misstrauen entgegen, aber wann war das schon je ein Grund gewesen, Komplimente abzuweisen? Beide tauten mit der Zeit, im Laufe des Schnapses, auf. Hunter Sommerlath zuerst, immer wieder zwinkerte er mir zu und knuffte mich mit der Faust in den Oberarm, wenn ich ein besonders vulgäres Kompliment vorgebracht hatte.

Ich gab Sylvia ausreichend Zeit, um die Themen zu besprechen, die ihr wichtig waren. Das war zum einen – wenig überraschend – die schlechte Behandlung von Tieren durch unsere moderne Gesellschaft, und zum anderen – ebenfalls wenig überraschend – erregte sie sich fürchterlich über den anwachsenden Trend von Amateurpornos, insbesondere über jüngere Frauen, die sich einfach mal so mit Geld überreden ließen, sich ohne Pause ficken und filmen zu lassen. Diese dummen Nüsschen hätten ja keine Ahnung, worauf sie sich einließen. Sie seien Amateure im fürchterlichsten Sinn, die einem Profi nicht das Wasser reichen könnten, es gehöre so viel mehr dazu, in einem Sexfilm mitzuspielen, das man nicht auf den ersten Blick erkennen könne, aber diese unaufhörliche Schwemme an jungen, willigen und billigen Frauen mache das professionelle Überleben von echten Stars immer schwieriger. Aber auch die Menschen würden immer unglücklicher werden, diese Lieblosigkeit der Produktionen führe zu einer allumfassenden Lustlosigkeit der Welt. Die Welt werde erst wieder atmen und feingeistig lieben können, wenn einer den Mut hätte, das Internet ein für alle Mal abzudrehen.

Potzblitz! Die Frau hatte ja ein ähnliches Weltgespür wie Franz Sebastian! Man müsste sie direkt zusammenbringen. Noch besser wäre es, sie würden ihre Brandreden in der Öffentlichkeit austauschen. Franz Sebastian wäre gleich viel berühmter, wenn er über die jungen Pornohühner herziehen würde, über fehlende Publikationsanfragen müsste er sich dann kaum noch Sorgen machen. Zurück zu Sylvia: Ein mutiger Mann müsse also das Internet abdrehen – leider meinte sie mit diesem mutigen Mann eine Art Diktator, der mit Charme und Witz die Welt vom linken Gesindel und den rosigen Pornoeleven auf radikale Weise reinigen sollte. Dann könnten sich im Gefängnis die Weltverbesserer mit den geldgierigen Huren zu Tode vögeln. Sollten sie dabei ersticken in ihrem kunstlosen Mösensaft! Sylvias Gesichtszüge wurden streng, ihre Lippen versteinerten, ihre Augen wirkten psychopathologisch durchfunkelt. Der Schnaps hatte die falschen Stimmungen belebt. Hunter Sommerlath wurde unruhig und legte seine Hand auf ihre Schulter. Er räusperte sich mit einem bedrohlichen Unterton, um sie zur Ruhe zu bringen.

Aber ich wollte ja über etwas ganz anderes reden, nämlich über Sylvias schreckliche Erfahrungen bei der Produktion *Sylvia goes to Hell*. Was war damals geschehen?

Sylvia rümpfte die Nase, sie wollte noch ihre Pläne zur Weltverbesserung ausführen, da kamen ihr meine Fragen gar nicht recht. »Ich hatte natürlich keine Ahnung, dass man so gebrochen werden kann. Für uns war die Pornografie eine Befreiung. Wissen Sie, was wir damals für ein Leben führten? Ich arbeitete als Autowäscherin bei einem Mechaniker, und Hunter war in der Bundesgärtnerei. Das war doch kein Leben für uns. Wer kann denn bitte so leben? Nur weil wir uns dem schulischen Leistungsdruck nicht unterworfen haben. Wenn dir so ein Lehrer mit Hosenträger und Perücke gegenübersteht, was willst du dann noch groß machen, außer ihn zur Seite zu stoßen und raus in die Stadt, auf ins Leben! Was nützt es denn jemandem, dass er für das Leben gelernt, aber nicht leben gelernt hat? Hunter und ich wollten unter Strom stehen, Partys bei Tageslicht, nackt Autofahren. Trinken und Liebe machen – darin waren wir gut. Und wir haben die ganze Zeit geknutscht und rumgespielt, wir hatten wirklich fantastischen Sex, wir waren sensationell im Bett, wir spielten so kleine pfiffige Rollenspiele und die haben wir dann aufgenommen mit einer VHS-Kamera, und dann haben wir uns mit ein paar Freunden getroffen und ihnen die Filme gezeigt und die wollten dann mitmachen, und das machten sie auch, was für eine schöne Überraschung, und dann wollten sie die ganze Sache größer aufziehen. Sie hatten über ein paar Bekannte aus dem Swingerclub Kontakt zu einem Videovertrieb, und der war nicht abgeneigt, uns die Filme abzukaufen. Zeigt mal, was ihr könnt, sagte er, ich brauche einen guten Ton und mindestens 50 Minuten Material. Wir wollten da etwas wirklich Gutes hinlegen, also überlegte ich mir diesen Trick mit der brennenden Penisspitze.«

Ich nickte. »Aber wie funktionierte denn nun dieser Trick? Sie haben doch nicht wirklich einen Penis angezündet?«

»Man musste den Penis vorher mit einer Art Lidocain-Schutzsalbe einreiben, die bildete eine Schicht, auf der man für kurze Zeit ein Feuer machen konnte, ohne dass gleich die Haut zu brennen begann.«

»Da kommt man doch nicht so einfach drauf. Hatten Sie Ärzte in der Familie?«

»Ärzte in der Familie, dass ich nicht lache. Ich habe eben gerne mal was angezündet in meiner Jugend. Die Dinge brennen doch alle ganz unterschiedlich! Das hat mich eben interessiert. Wie die Dinge brennen.«

Die Lampe flackerte, und ich erkannte Sylvia neu. Gerade die Falten und die Frustration machten sie erotisch. Dieses einst so entzückend ordinäre Gesicht wurde von der verlebten Verbitterung erst so richtig schön. Wie schwarze Schokolade – ein Geschmack, an dem man lange arbeiten muss, um ihn gut zu finden. Da gilt es nicht nur, sich diese selbst immer wieder tapfer in den Mund zu stecken, man muss vor allem alles andere, das einem schmeckt und Freude bereitet, infrage stellen. Am liebsten hätte ich sie geherzt und auf die Lippen geküsst, mit ihr und Hunter ein finanzielles Arrangement ausverhandelt, um ihr dann hier und jetzt den Slip zu zerreißen und sie auf dem klebrigen Küchenboden zu nehmen. Doch dann blies ich mir Rauch in die Augen und musste fluchen und sie kam mir wieder vor wie eine angeschossene Torte. Mein erster Eindruck hatte mich nicht getäuscht.

»Und wir drehten dann eine Woche lang, luden Freunde ein. Hunter kümmerte sich um alles. Er bediente die Kamera, spielte die Hauptrolle. Er kümmerte sich um alle finanziellen Aspekte und auch um die Psychologie, also dass alle gut drauf waren.«

»Gute Stimmung war mir wichtig. Das Mieten des Equipments kostete eine Stange Geld und bei aller lässigen Atmosphäre, die ich verbreiten wollte, galt es doch, rechtzeitig die Fickerei in den Kasten zu bekommen. Bekam einer mal keinen hoch, versuchte ich ihn mit geilen Fantasien aufzumuntern oder mit Koks, und wenn das auch nicht half, begab ich mich mit ihm in die Küche und verpasste ihm einen Leberhaken.«

»Und das half?«

»Mal so, mal so.«

»Jedenfalls schlugen die Filme ein wie eine Bombe«, fuhr Sylvia fort. »Der Bekannte, der den Vertrieb übernommen hatte, war viel professioneller, als wir gedacht haben. Durch seine Kontakte und die gekonnte Inszenierung von Mundpropaganda gelang ihm ein sensationeller Erfolg. Die Firma, die die Videokassetten produzierte, kam gar nicht mit der Nachfrage mit und wir mussten uns neue Partner suchen. Wir machten Geld. Richtiges Geld. Die Nachbarn im Dorf zerfetzten sich das Maul, aber uns war das egal. Wir waren viel zu sehr damit beschäftigt, den neuen Swimmingpool einzuweihen und weitere Filme zu drehen.«

»*Sylvia on Fire 2*, *3* und *4*.«

»Eigentlich hatten wir gedacht, wir drehen statt dem vierten Teil etwas Neues, eine neue Reihe. Aber als wir uns den fertigen Film dann ansahen, stellten wir fest, dass er letztlich genau gleich war wie die anderen. Es wäre sinnlos gewesen, ihn anders zu nennen.«

»Und es war auch die richtige Entscheidung. *Sylvia on Fire 4* war unser größter Erfolg«, sagte Hunter Sommerlath.

»Mit diesem Film hatten wir es geschafft, im schwierigen amerikanischen Markt Fuß zu fassen. Der Film war ein rasender Erfolg. Wir wurden auf Festivals eingeladen, auf Messen, ich musste Autogramme geben. Und dann kam das erste Angebot. Fairlight Productions wollte einen Film mit mir drehen. Fairlight Productions, das war eine der größten Pornovideo-Produktionsfirmen der 80er Jahre, wenn nicht sogar die zweitgrößte.«

»Ich habe alle ihre Filme.«

»Dann brauche ich Ihnen ja gar nicht zu erzählen, wie toll ein solches Angebot für mich war.«

»Wir hatten eine Vision«, sagte Hunter. »Wir wollten uns ein Standbein in Amerika aufbauen. Erst mal die Situation ausloten und dann unsere eigene Produktionsfirma eröffnen. Wir wollten uns nach und nach vom Schauspielen zurückziehen. Ficken sollten dann andere, jüngere.«

»Aber erst wollten wir noch ein paar richtig gute Pornos drehen. Mit einem amerikanischen Budget. Davon konnten wir ja nur träumen. Gutes Licht, exotische Locations, Statisten in Hülle und Fülle. Sogar die eine oder andere Explosion wäre dann möglich.«

»Der VHS-Markt war in den 80ern eine Goldgrube«, sagte Hunter. »Wir hatten uns schon Grundstücke in L.A. angesehen.«

»Aber erst kam dieser Vertrag. Ich unterschrieb für eine Filmreihe von drei Filmen. *Sylvia goes to Hell* sollte der erste sein.«

Für all diejenigen, die den Film noch nicht gesehen haben, möchte ich anmerken, dass Sylvia Bargen im ganzen Film zusammengerechnet nur etwa eine Minute zu sehen ist. Bei einer Orgie in den letzten zehn Minuten sehen wir sie unscharf im Hintergrund, wie sie auf einer Bühne eines Stripclubs geohrfeigt wird. Die titelgebende Sylvia wurde von einer robusten Argentinierin dargestellt, Renée Del Montezuma. Diese war selbst keine Unbekannte mehr und hatte in etwa fünf ansehnlich feurigen Sexfilmen mitgespielt.

»Es kam nichts, wie ich es erwartet hatte. In Schweden war die Stimmung unter uns Erwachsenenfilmdarstellern eine gänzlich andere gewesen: herzlich, warm. Man unterstützte sich. Viele kamen in das Geschäft nicht wegen des Geldes, sondern weil sie eine von allen Zwängen losgelöste Gesellschaft anstrebten. Sex sollte nicht reglementiert werden, niemand sollte sich schämen müssen für die eigenen Lüste, auch wenn sie noch so komplex waren. Sex war etwas Wunderschönes. Das wollten wir den Leuten zeigen. Aber in Amerika ging es vor allem um Geld, um Ruhm, um das persönliche Standing in der Filmindustrie. Viele der Darstellerinnen hatten eigene Stripshows und benutzten die Filme nur als Werbevehikel für ihre Auftritte. Es herrschte ein wahnsinniger Ehrgeiz im Business. All das traf uns zu einem denkbar schlechten Zeitpunkt, denn Hunter und ich hatten selbst gerade einen ordentlichen Ehrgeiz entwickelt. Wir hatten unseren Gewinn aus den vorigen Filmen mit vollen Händen ausgegeben, wir waren pleite, wir hatten Schulden und wir hatten uns an das schöne Leben gewöhnt. Der Film musste uns zum Durchbruch verhelfen, allein die Reisekosten für das Unternehmen hätten uns sonst ruiniert.«

»Es ist eine alte Frage, ob finanzielle Abhängigkeit die Kreativität beeinflusst oder nicht. Charlie Chaplin zum Beispiel ...«, warf ich ein, aber Sylvia winkte mürrisch ab und leerte ihr Schnapsglas.

»Und dann begannen plötzlich die Verhandlungen zu stocken ... Erst hatten sie mich behandelt wie eine französische Königin, und dann, als ich in ihrem Büro in Silicon Valley saß, wurde bei jeder meiner Bemerkungen geseufzt und mit den Augen gerollt. Alles, was wir längst mündlich ausgemacht hatten, musste mühsam nachverhandelt werden. Obwohl ausgemacht war, dass ich mit Hunter das Drehbuch verfassen sollte – wir schielten natürlich auch ein bisschen darauf, bei durchschlagendem Erfolg Richtung Hollywood zu gehen –, behaupteten sie nun, sie hätten zwischenzeitlich bereits das perfekte Drehbuch geschrieben. Dass Hunter – wie versprochen – die Hauptrolle in dem Film übernehmen sollte, stand plötzlich gar nicht mehr zur Debatte. Gewerkschaftsrechtliche Probleme ließen dies angeblich nicht zu.«

»Aber das war doch nur eine Behauptung.« Hunter spreizte die Finger. »Sylvia war doch auch bei keiner Gewerkschaft. Alles nur vorgeschoben, um unser Stück vom Kuchen zu verkleinern.«

»Außerdem behaupteten sie nun, es wäre ein zu großes Risiko, wenn ich alleine die Hauptrolle übernähme, schließlich sei ich zwar in Europa schon ein Star, aber hier in Amerika eben noch ganz am Beginn meines Aufstrebens, deshalb würden sie mich beim ersten Teil zusammen mit der bekannten Darstellerin Renée Del Montezuma besetzen, wir wären gleichwertige Titelheldinnen. Wenn der Film ein Erfolg würde, bekäme ich in den Fortsetzungen die alleinige Hauptrolle. Das war mir zwar alles nicht recht, aber ich war von den unerwartet zähen und langen Verhandlungen ermüdet. Dazu kam, dass unser Vertriebspartner, der sich bisher um unsere Filme gekümmert hatte, plötzlich Urheberrechte einforderte. Noch bevor wir eine einzige Szene gedreht hatten, war die Situation schon angespannter und komplizierter, als wir es für möglich gehalten hätten. Wir hatten durch unsere heikle finanzielle Situation keine große Wahl. Wir handelten uns noch ein größeres Honorar aus, aber bei den Nebenrechten gerieten wir bald schon ans Ende der Fahnenstange. Und so begannen die Arbeiten bereits mit einem riesigen Kompromiss … Wir waren eben blauäugig. Wir dachten, das wird schon. Vielleicht, dachten wir, war dies ja genau die Sorte Erfahrung, die uns genügend abhärten würde, um in Hollywood überleben zu können. Jetzt, wo der bürokratische Part beendet war und der kreative Teil begann, konnten wir uns fallen lassen. Spaß haben, ficken und lernen. Ich kam zum ersten Drehtag und hatte mir extra nuttige Kleidung besorgt, knappe Hotpants. Überall quoll mir das gute schwedische Fleisch heraus. Ich hatte auch zum Frühstück Sekt getrunken und gekokst, um mich locker zu machen. Reneé hatte mir das als Tipp zugesteckt. Die Drehs sind sehr anstrengend, da muss man von Anfang an gut drauf sein, um den Stress zu verkraften. Ich tanzte also an, auf vernünftige Weise mutig und zugedröhnt, aber alle anderen trugen ganz artige Casual-Kleidung, saubere Jeans und weite Sweater, Lederschuhe und, ich schwöre, ich sah Männer mit Manschettenknöpfen. Niemand hatte mir gesagt, dass wir die Produktion mit einer Leseprobe starten würden. Alle warteten schon ungeduldig und warfen mir genervte Blicke zu. Das fing ja gut an. Wir setzten uns an einen Tisch und bekamen die Scripts. Ich war hochnervös. Ich hatte nicht damit gerechnet und mich in keiner Weise vorbereitet. Der Text kam mir auch unnötigerweise lang und kompliziert vor, ich meine, ich finde eine gute Story in einem Porno auch sehr wichtig, man will schließlich wissen, wer da fickt und warum gefickt wird, das ist ja oft nicht so klar, aber da hatte sich jemand die Mühe gemacht, einen hintergründig schwelenden Frauenhass – der ja in einem Porno durchaus seine Berechtigung haben kann – auf eine konkrete philosophische Basis zu stellen.«

»Hmm, ich weiß, Schatz, du hattest damals deine Schwierigkeiten mit dem Text«, warf Hunter ein, »und ich möchte dir nicht widersprechen, aber mir kam es wiederum eher so vor, als würde jede Feststellung drei- oder viermal wiederholt werden. Zum Beispiel sagte der Poolboy: ›Ihre Brustwarzen sind ja ganz hart. – Mir ist aufgefallen, dass sich die Spitzen Ihrer Brüste verhärtet haben. – Steif und fest sind Ihre beiden Brüste mit einem Mal, mir scheint, sie haben sich erhärtet.‹ Und so weiter. Kein Wunder, dass Sylvia Schwierigkeiten mit dem Text bekam.«

»Die Szene war an sich unangenehm genug. Alle kannten sich schon gut und machten Scherze, die ich nicht verstand, und ich hatte mir ja auch wirklich einen schönen Dusel angetrunken. Und trotzdem war ich furchtbar nervös. Jedes Mal, wenn ich eine Textstelle vorlesen wollte, versprach ich mich oder lallte oder überlas ein paar Wörter. Die anderen rollten mit den Augen. Sie lachten, erst leise, dann lauter und immer gehässiger. Und je mehr sie lachten, desto mehr verlas ich mich. Ich bekam einen hochroten Kopf. Mir schien, als hätten sie innerhalb weniger Minuten jeglichen Respekt vor mir verloren.«

»Ich saß daneben, musste an einem eigenen Tisch sitzen, weil ich ja nicht mitspielte. Ich spürte natürlich, wie unangenehm die Situation für Sylvia war, wie schlecht sie sich fühlte. Da wollte ich ihr ein bisschen Mut machen und applaudierte jedes Mal, wenn sie dran war – ich stand dann auf und klatschte wie ein Affe in die Hände, pfiff und rief: ›Bravo! Bravissimo!‹ Wenn mir die anderen einen schiefen Blick zuwarfen, zischte ich durch die Zähne und machte einschüchternde Handgesten.«

»Das war wahnsinnig rührend von Hunter, aber es machte die Sache nicht besser. Im Gegenteil. Schließlich ermahnten sie Hunter und sperrten ihn aus dem Zimmer. Jetzt gab es überhaupt kein Halten mehr. Es wurde getuschelt und mit dem Finger auf mich gezeigt. Der Regisseur und der Drehbuchautor ließen mich meine Texte wiederholen. Immer und immer wieder. Bei den anderen machten sie das nicht, nur mich ermahnten sie ganz offen. Als wir nach etwa zwei Stunden durch waren, bat mich der Regisseur um ein Gespräch unter vier Augen. Er nahm sich kein Blatt vor den Mund und sagte, dass in Schweden die Dinge vielleicht anders laufen würden, dass er sich hier aber ein Mindestmaß an Einsatz und Präzision erwarten dürfe. Ich wurde trotzig und erwiderte, dass mir Renée empfohlen hatte, mich locker zu machen und mich niemand über die Leseprobe informiert hatte. Aber er sagte, er arbeite schon sehr lange mit Renée zusammen, und so etwas würde sie nie im Leben machen. Man macht sich beim Dreh dadurch locker, indem man gut vorbereitet ist und gute Arbeit abliefert, das sei dann auch entspannend, vor allem für alle anderen. Ich schnaubte vor Wut, war aber betrunken und fiel prompt hin. Der Regisseur ließ mich liegen und ging davon. Ausgerechnet Renée kam, um mir aufzuhelfen. Sie schämte sich nicht, mir den Tipp zu geben, in Zukunft professioneller aufzutreten, sonst hätte ich keine Zukunft in der Porno-Industrie. Ich stellte sie sofort zur Rede, sagte ihr, dass *sie* es ja gewesen war, die mir riet, ich solle mich betrinken. Renée blickte mich kalt an. Sie sagte, das habe sie sicher nicht gesagt und wenn, dann würde sie sich eben geirrt haben. Danach fuhr ich mit Hunter ins Hotel und heulte, bis der Polster tropfte. So etwas hatte ich in Schweden noch nie erlebt. Was hatte ich denn allen getan? Irgendwie musste ich alle auf dem falschen Fuß erwischt haben. So ein Hass kommt doch nicht von alleine! Aber ich bin niemand, der sich gerne in Selbstmitleid ergießt. Bin ich nie gewesen. Also beschloss ich, mich zusammenzureißen. Ich zog einen Schlussstrich. Wenn es mir gelungen war, so schnell die Stimmung gegen mich kippen zu lassen, dann wäre es ein leichtes, das Rad wieder in die Gegenrichtung zu drehen.

Noch am selben Abend zog ich mit Hunter durch die Einkaufsmeilen der Stadt und suchte mir ein elegantes Businesskleid aus. Offenbar war es wichtig, den Unterschied zwischen der Arbeit vor und hinter der Kamera herauszustreichen. Die Pornodarsteller sahen sich eben nicht als lebenslustige Flittchen und geile Böcke, sondern als seriöse Geschäftsleute. Gut. Am nächsten Tag war aber alles noch viel schlimmer. Meine seriöse Aufmachung schien überhaupt nicht zu helfen. Im Gegenteil, der Regisseur musterte mich von oben bis unten, zuckte mit den Achseln und meinte: ›Wie auch immer‹. Am Vormittag ging es um eine produktionstechnische Besprechung. Hunter und ich sollten den Effektspezialisten erklären, wie wir in der Postproduktion das Bild so manipulierten, dass das Brennen des Penis so realistisch aussah. Hunter und ich blickten einander an. Welche Manipulation? Der brennende Penis sah so realistisch aus, weil es sich eben um einen brennenden Penis handelte. Da war ein Penis, den zündeten wir an und das filmten wir. Wichtig war, die Szene schnell im Kasten zu haben, denn sonst würde es dem Darsteller ganz schön heiß werden und er müsste wegen der Verbrennung vielleicht vorzeitig aus der Produktion aussteigen. Der Regisseur und sein Team wurden nun kreidebleich. Sie stotterten und versuchten unsere Erklärung, die ja deutlicher nicht hätte sein können, irgendwie umzudeuten, einen Sinn darin zu sehen, der gar nicht gemeint war. Nein, wir hatten keine künstliche Prothese, nein, wir hatten kein Körperdouble, wir hatten auch keine Puppen im Einsatz. Und, nein, wir hatten auch keinen Zugriff auf Bildmaterial von Verbrennungsopfern aus einem Archiv, das wir blitzschnell dazwischenschnitten. Wir zündeten Penisse an! Das war unser ganzes Geheimnis. Als sie merkten, dass es unser Ernst war, zogen sie sich zu einer dringlichen Sitzung zurück. Aus versicherungstechnischen – ganz zu schweigen was die Gewerkschaft dazu sagen würde – Gründen mussten alle Szenen mit dem brennenden Penis raus. Es waren insgesamt fünf, die alle ich hätte spielen sollen und jetzt umgeschrieben wurden. Die Szenen wurden zwischen mir und Renée aufgeteilt. Das heißt, dass Renée jetzt in acht Szenen zu sehen sein sollte und ich nur in drei. Ich schäumte vor Wut und musste mich zusammenreißen, damit ich nicht wieder zum Alkohol griff. Aber das war gar nicht so einfach. Meine Laune ritt mit mir durch. Mal dachte ich: Pfeif drauf, ich zieh das durch, dann wiederum wollte ich nur schreien und Rache nehmen. Es war ein Auf und Ab, und wie ich vermutet hatte, beruhigte ich mich erst nach einer halben Flasche Wodka.

Der erste Drehtag verlief schlecht. Wir brauchten länger als gedacht. Es kam zu einer Abfolge von Verzögerungen. Die anderen Darsteller machten keinen Hehl aus ihrem Missmut und suchten mich auf, um mir ihr Leid zu klagen. Durch die Umstellung würden ihnen gute Jobs entgehen, sie müssten kurzfristig absagen, was ihren Ruf als verlässliche Profis schädigen würde. Sie würden nicht nur diesen Job verlieren, auch zukünftige

Einkünfte würden minimiert werden. Und das alles nur meinetwegen. Weil ich so ein schwieriger und chaotischer Charakter sei, mussten nun alle leiden. Nur zwei Leute, Tiffany und Roy, unterhielten sich auf ganz normale Weise mit mir, ohne Animositäten und Anfeindungen. Die beiden spielten im Film ein Tennispaar, das geil wurde, und kamen zu mir, weil sie sich unser Mietauto ausborgen wollten. Tiffany wollte noch ihre Scheidungspapiere bei Gericht einbringen, das Gericht schloss aber am frühen Nachmittag und sie wollten auch die anderen fragen, aber die fuhren alle Wagen ohne Automatik und das traute Tiffany sich nicht zu. Es fühlte sich gut an, gebraucht zu werden, und die beiden waren richtig süß, wie sie da herumstammelten und sich so schwertaten, etwas von mir zu wollen. Ich machte keine große Sache daraus, gab ihnen den Schlüssel und sie versprachen in zwei Stunden wieder hier zu sein. Das ginge sich vor ihrer nächsten Szene leicht aus. Ich wünschte Tiffany viel Glück und eine schöne Scheidung und winkte ihnen, als sie davonfuhren. Als ich mit Hunter eine Stunde später den Garten des Anwesens erforschte, fand ich zu meiner Überraschung in einer versteckt liegenden Laube am nördlichen Ende des Gartens Roy und Tiffany vor. Sie sonnten sich in einer Gartenliege und aßen Orangen. Von herzigem Stammeln war nun keine Rede mehr. Tiffany zuckte mit den Schultern und meinte nur, sie hätte es sich anders überlegt und wolle sich nun doch nicht scheiden lassen. Sie seien nur zur Tankstelle um die Ecke gefahren und hätten sich mit Magazinen versorgt. Der Wagen stehe gegenüber der Tankstelle in einer schattigen Gasse, damit die Sonne das Innere nicht so aufheizen könnte. Roy warf mir den Autoschlüssel zu. Er fiel ins Gras. Als ich bei der Tankstelle angekommen war, konnte ich noch erkennen, wie der Abschleppwagen mit meinem Mietwagen um die Ecke fuhr. Sie hatten den Wagen auf einem Behindertenparkplatz abgestellt. Ich schäumte vor Wut und brüllte die beiden an, aber sie gaben sich frostig und meinten, ich mache aus einer Mücke einen Elefanten und sie würden mich nach Drehschluss zum Stellplatz des Abholdienstes fahren und die Rückgabe organisieren. Doch als der Dreh für diesen Abend beendet war, war von den beiden keine Spur. Man richtete mir aus, sie hätten einen wichtigen Termin gehabt und früher losmüssen. Wie wir erfuhren, war der Abholparkplatz in der Nähe des Flughafens und hatte um diese Uhrzeit längst geschlossen. Wir mussten also am nächsten Tag in aller Herrgottsfrüh raus und mit dem Taxi dorthin. Wir blieben im Stau stecken, bei der Herausgabe kam es zu Problemen mit den Zulassungspapieren. Wir kamen zu spät an den Drehort, ich hatte meine Szene versäumt. Der Regisseur tobte. Zwei Stunden hatten sie gewartet, dann hatten sie meine Szene umgeschrieben und mit Tiffany gefilmt. Ich stellte Tiffany zur Rede, aber die ließ mich eiskalt abblitzen. ›Glaubst du, mir macht das Freude, diese Szene zu spielen? Die ergibt doch jetzt überhaupt keinen Sinn mehr. Warum soll ich zweimal hintereinander mit meinem Mann schlafen und er bemerkt es nicht einmal! Ich dachte, wir machen hier einen dieser qualitätvollen Erotikfilme erster Liga, aber dank deiner Allüren wird es wieder nur so ein mittelmäßiges Bumsfilmchen. Das hätte mein Durchbruch sein können, Sylvia!‹ Egal was ich sagte, sie drehte mir meine Worte einfach im Mund um.

An dieser Stelle ist es vielleicht wichtig zu erwähnen, dass man bei einem Pornodreh nach Anzahl der Sexszenen bezahlt wird und nicht pro Film. Nur große Stars wie Renée oder in diesem Fall ich waren davon ausgenommen. Deshalb fand Tiffany, dass es überhaupt keinen Grund für mich gab, mich aufzuregen. Ich wurde doch eh bezahlt.

Auch die anderen Darsteller begannen mich zu meiden. Innerhalb kürzester Zeit hatte ich das Image einer anstrengenden Diva erhalten, die ihnen allen das Leben schwermachen wollte. Nur Renée kam am Nachmittag zu mir in die Garderobe, um mich aufzumuntern. Es täte ihr leid, wie sehr alles außer Kontrolle geraten sei. Sie wisse, wie schwierig es sei, am Anfang in die Szene aufgenommen zu werden, die Leute seien am liebsten unter sich, aber wenn man auf die anderen zugehe, wären die Blockaden bald aufgehoben und alle würden sich von ihrer herzlichsten Seite zeigen. Man müsse zusammenhalten. Sie stellte mir einen kleinen Blumentopf mit blühendem Weidelgras in die Garderobe, aber leider hatte ich dagegen eine Allergie. Ich bedankte mich bei Renée und teilte ihr mit, dass ich die Blumen nicht behalten könnte.

›O, wie ungeschickt von mir‹, sagte sie. Es schien ihr sehr unangenehm zu sein, aber am nächsten Tag stand ein neuer Blumentopf mit Weidelgras in der Garderobe. Er war dreimal so groß. Meine Nase lief, mein Gesicht juckte, mein Gesicht war nass. ›Aber, Renée ‹, sagte ich. ›Warum hast du das gemacht?‹

›Es ist doch nur ein Blumentopf. Was regst du dich so auf? Ich wollte dir eine Freude machen.‹

›Du weißt doch, dass ich gegen Weidelgras allergisch bin.‹

›Langsam kommt mir vor, du bist allergisch dagegen, dass dir jemand eine *Freude* machen möchte!‹ Bebend vor Zorn verließ sie die Garderobe.

An diesem Nachmittag durfte ich meine erste Szene drehen. Eigentlich ein Klacks. Ein Beamter von der Jugendfürsorge will sich mit mir unterhalten und dann ficken wir auf dem Teppich. Aber der Darsteller machte nur Schwierigkeiten. Sagte, er könne sich nicht konzentrieren. Ich atme falsch. Meine Bewegungen seien so arrhythmisch, dass er davon Kopfweh bekomme. Meine Möse sei abwechselnd nicht feucht genug und dann wiederum viel zu feucht. Er habe noch nie so unprofessionelle Umstände vorgefunden wie diese. Dann kamen der Regisseur und der Haustechniker und stellten sich neben uns, um unsere Szene zu beobachten. Nur einen halben Meter von meinen Fußsohlen entfernt, standen die beiden, um uns zu kontrollieren. Das hatten sie noch bei keinem anderen Pärchen gemacht. Der Regisseur gab aber keine Anweisungen, er schrieb nur Notizen in ein kleines Büchlein und räusperte sich von Zeit zu Zeit empört. Als wir fertig waren, schüttelte er den Kopf. Der Haustechniker äußerte sich ebenfalls nicht. Nach unserer Szene machte er bloß ein trauriges Gesicht, klopfte dem Regisseur mitfühlend auf die Schulter und ging wieder in den Garten, um eine Bewässerungsanlage zu reparieren. Ich verstand die Welt nicht mehr. Ich hatte viele Charakterfehler, und nicht alle Entscheidungen, die ich in meinem Leben getroffen hatte, waren von bester Qualität gewesen, aber ficken konnte ich doch gut! Das Problem lag ja auch nicht daran, dass ich meinen Szenenpartner nicht attraktiv fand. Im Gegenteil, er hatte ein feines Gesicht und eine bemerkenswert selbstbewusste Zärtlichkeit. Ich hätte da schon kommen können, eigentlich, aber er hat einfach immer an mir rumgenörgelt. Nachher wurde ich ins Besprechungszimmer gebeten und bekam eine Liste mit Anmerkungen überreicht, wie ich meine Szene verbessern sollte. Ich sagte nichts, tobte aber innerlich und zog mich auf das Hotelzimmer zurück, wo ich mein ganzes Koks innerhalb einer Stunde aufsaugte. Dann ging ich mit Hunter in einen Stripclub. Wir bestellten etwas an der Bar, und als wir nicht zahlen wollten, begannen wir Streit und prügelten uns mit den Stripperinnen. Diese Stripperinnen, sie wirkten so klein und zierlich, diese delikaten Fingerchen, aber sie schlugen zu wie ein Haufen irischer Stallknechte, die sich Hufe an die Fäuste gebunden hatten! Sie richteten uns übel zu. Als wir am nächsten Tag beim Dreh auftauchten, wussten die zuerst nicht, wer wer von uns beiden war. Hunter und ich waren grün und blau geschlagen worden, unsere Gesichter waren aufgequollen. Die Maskenbildnerin versuchte ihr Bestes, aber da war nicht viel zu machen. Im besten Fall sah ich aus wie eine bepuderte Ansammlung von Beulen. Der

Regisseur und der Haustechniker teilten mir mit, dass ich aus dem Film draußen war. Bis mein Gesicht verheilt wäre, sei der Film längst fertig gedreht. Zu guter Letzt erteilten sie mir noch Platzverbot.

Der Film erschien, die wenigen Szenen, die mit mir gedreht wurden, waren der Schere zum Opfer gefallen. Die einzige Szene mit mir, die sie eingebaut hatten, war ein Ausschnitt aus dem Überwachungsvideo von der Schlägerei im Swingerclub. Auch beim Gehalt gab es Probleme. Ich verklagte die Firma, der Prozess dauerte Jahre. Ich sah nie einen Cent. In Silicon Valley war mein Ruf ruiniert. Keine andere Firma mehr wollte etwas mit mir zu tun haben. Renée hatte ihre Finger überall drin. Wir zogen zurück nach Schweden, verkauften unser Haus mit Swimmingpool. Wir drehten einen neuen Film, *Sylvia on Fire V*, doch am dritten Drehtag passierte ein Unglück. Hunters Penis begann zu brennen. Wir konnten ihn nicht rechtzeitig löschen, und er zog sich schwere Brandwunden zu. Ich versuchte ihn durch andere Partner zu ersetzen, aber Hunter hatte durch die Schmerztabletten, das Koks und den Alkohol mittlerweile ein schweres Sucht- und Eifersuchtsproblem bekommen. Er schüchterte meine Filmpartner mit wilden Beschimpfungen ein, manchmal verprügelte er sie auch. Bald wollte niemand mehr mit mir drehen. Der fünfte Teil konnte nicht fertiggestellt werden. Meine Karriere im Porno-Business war beendet. Wir planten noch einen günstigen Horror-Thriller, aber der Produzent konnte nie das Geld dafür aufstellen.«

Ich setzte mein mitfühlendstes Gesicht auf (wie eine Zitrone im Winter) und meinte: »Das ist natürlich ein altes Problem des Handels. Noch das geringste Produkt glaubt man mittels *Sex sells* vermarkten zu können. Ein Autoreifen, in dem ein zerknüllter Slip liegt, ein MP3-Player auf einem behaarten Männerarsch, zwei Frauen, die einander an die nackten Brüste gehen, weil sich dort anstelle der Brustwarzen Flaschenöffner befinden, um ein

Mango-Bier-Gemisch zu öffnen – um nur ein paar Beispiele aus der letzten Zeit zu nennen. Aber was macht jemand, der schon am Ende der Fahnenstange angelangt ist? Ich meine, nichts für ungut, aber noch sexuell eindeutiger als sich mit einem Schwanz im Arsch filmen zu lassen, geht es ja wohl nicht mehr. Was bleibt einem da noch?«

Sylvia schwieg, bevor sie zu einer Antwort ansetzte: »Das ist die Frage, an der ich seit über 30 Jahren zerbreche.«

»Es ist schwer«, sagte Hunter, »wenn man in etwas wirklich gut ist und dann glaubt es dir niemand mehr. Und egal, was du sagst und egal, wie gut du darin bist, das du kannst, wenn es dir niemand glaubt, kannst du es vergessen.«

»Äh … ja«, antwortete ich.

»Aber natürlich kann man sich neu erfinden«, sagte Sylvia. »Sie sind doch berühmt, ich meine, man kennt Sie. Ihr Artikel wird doch von einigen Leuten gelesen werden. Sie sind reich.«

»Aus der Sicht des Prekariats geht es mir ganz gut, aber reich in dem Sinne, dass ich Geld habe, um in tolle Gelegenheiten zu investieren und Sachen auf die Beine zu stellen, bin ich natürlich nicht«, sagte ich, um es mal schnell klarzustellen.

Das traf. Sylvia blickte enttäuscht, fast schmollend.

»Wir haben da nämlich ein Projekt«, sagte Hunter. »Wir hoffen sehr auf Ihre Leser. Wir wollen es über Kickstarter finanzieren.«

»Es geht um Lebenshilfe. Wir wollen Erotik mit Lehrreichem verbinden.«

»Mhhmm«, nickte ich. »Sie könnten das Edurotik nennen. Den Begriff schenke ich Ihnen.«

Aber natürlich hatten weder Sylvia noch Hunter die Geistesgegenwärtigkeit und den Geschäftssinn, meinen Begriff zu notieren.

»Wir benötigen Kapital. Wir drehen eine 20-teilige Beratungsserie, wie man einen verbrannten Penis pflegt. Ihn eincremt. Und wie man es mit gutem Willen und warmem Herz schafft, ihn sexuell zu versorgen, obwohl jede Berührung fürchterliche Schmerzen auslöst, die einen in die Ohnmacht treiben.«

»Na ja«, sagte ich. »Das klingt eher nach ein paar Filmchen, die man auf Youtube stellt, die dann keiner anklickt.« Manchmal muss man den Leuten auch reinen Wein einschenken. Ich stand auf und schüttelte ihnen die Hand. »Es wird spät. Ich denke, ich habe alles.«

Hunter und Sylvia waren überrumpelt. Ich wollte tatsächlich gehen, noch bevor sie all ihre Möglichkeiten aufgezählt hatten, um mich um gutes Geld zu erleichtern. Dann überreichte ich ihnen abschließend noch das Kuvert mit dem abgemachten Honorar und ging zur Tür hinaus.

Es schneite so stark, dass man kaum den Hauch seines eigenen Atems sehen konnte. Sylvia und Hunter begleiteten mich, hasteten neben mir her, um noch schnell die eine oder andere Geschäftsidee loszuwerden, aber ich hatte sie überrumpelt. Sie konnten sich auf die Schnelle nicht konzentrieren.

Als ich den Garten verließ und auf dem Gehsteig stand, war aber ich es, der verblüfft war. Mein Auto war verschwunden! Erst war ich mir nicht sicher, weil es so stark schneite und die Sicht beeinträchtigt war, aber als ich über die Straße gegangen war, war der Platz, an dem mein Auto gestanden hatte, leer. Es konnte auch nicht sein, dass ich nur verwechselt hatte, wo ich es hingestellt hatte, denn auf der ganzen Straßenseite war kein einziges Auto geparkt.

»Mein Auto ist weg!«, sagte ich zu Sylvia und Hunter, die hinter mir standen. Sie schienen unangenehm berührt zu sein.

»Sind Sie sicher, dass Sie mit dem Auto gekommen sind?«, fragte mich Hunter. »Ich kann mich gar nicht erinnern, ein Auto gesehen zu haben.«

Ich grunzte verächtlich.

»Das kann manchmal passieren«, versuchte Sylvia zu schlichten. »Wenn das Hirn auf Automatik gestellt ist, fährt man wie in Trance mit dem Zug und kann sich dann nachher nicht mehr erinnern, wie man wohin gekommen ist.«

»Ich kann mich sehr gut erinnern«, sagte ich. »Ich bin mit dem Auto gekommen.«

Sylvia und Hunter blickten einander hilfesuchend an.

»Es gibt natürlich schon auch einen großen Anstieg der Kriminalität hier bei uns in den letzten Jahren«, sagte Hunter. »Das sind Banden aus Weißrussland, die treiben es ziemlich wild in der Gegend hier.«

Ich warf einen Blick auf den Boden. Dichter Schnee bedeckte die Straße. Selbst meine eigenen Fußspuren waren mittlerweile weiß übertüncht. Allein von den Schneespuren her war es schwer zu sagen, ob hier in der letzten Stunde ein Auto gestanden hatte. Ich kniete mich nieder. Langsam überkam mich eine Idee, was hier passiert war. »Bringen Sie mich zum nächsten Polizeikommissariat«, sagte ich.

»Hmm, da weiß ich gar nicht, wo genau die …«

»Am besten, wir nehmen Ihr Auto«, sagte ich und ging zielstrebig wieder zum Haus zurück. Ich ging aber nicht durch die Gartentür, sondern direkt zur Garage.

»Die Tür ist kaputt«, sagte Hunter. »Die haben wir schon seit Jahren nicht mehr aufbekommen. Es ist besser, wir nehmen ein Ta-«

Ich riss kräftig am Griff und die Garagentür öffnete sich mit einem langsamen Ächzen. In der Garage standen zwei Autos. Ein schäbiger weißer Kastenwagen und meines.

»Da sind unsere Autos«, sagte Sylvia.

»Ja«, bekräftigte Hunter. »Die gehören beide uns.«

»Da ist doch nichts dabei. Zwei Menschen haben zwei Autos. Das ist die natürlichste Sache der Welt.«

»Kommt es Ihnen vielleicht bekannt vor? Wir haben dieses Auto extra gekauft, weil es so viele Leute fahren. Wenn es so beliebt ist, haben wir uns gedacht, dann ist es doch sicher von guter Qualität.«

»Ja«, sagte Sylvia, ihr Gesicht zeugte von tiefer Verzweiflung.

Baxter begrüßte mich laut bellend vom Rücksitz. Er war erfrischt von seinem Drogenschlaf, wedelte erfreut mit dem Schwanz und schleckte das Fenster ab.

»Das ist unser Hund Jimmy«, sagte Hunter. »Er schläft gern im Auto.«

»Das ist ja ein Zufall«, sagte ich. »Sie haben recht. Ich fahre genau dieselbe Automarke. Und der Hund sieht auch genauso aus wie mein Hund. Was Besseres konnte mir gar nicht passieren. Sehen Sie, sogar mein Schlüssel passt.« Ich öffnete die Fahrertür.

»Mit Verlaub werde ich mir dieses Auto ausborgen und es der Polizei zeigen. Dann wissen die genau, nach welchem Modell sie suchen müssen. Hervorragend.« Ich klatschte in die Hände, stieg ein und fuhr davon.

Bleich standen sie in der Garageneinfahrt und winkten mir nach, bis ich um die Ecke gebogen war.

In den letzten Wochen hatte sich Franz zurückgezogen. Die Kundennachfrage für sein Literaturhilfeprojekt dürfte sich in überschaubaren Grenzen gehalten haben, er hatte sich diesbezüglich nicht wieder an mich gewendet. Nur zweimal lief ich ihm über den Weg, einmal, als er einen ausgebeulten Plastiksack voller Leergut in den Supermarkt trug. Er wirkte angeschlagen, übermüdet und roch etwas streng. Ein zweites Mal sah ich ihn im Stadtpark beim Teich auf einer Parkbank sitzen. Ich war am späten Abend mit Baxter unterwegs und sah Franz von hinten, wie er erfolglos versuchte, eine Meerschaumpfeife anzuzünden. Er war zu fuchtig, er hatte keine Chance. Sein Problem schien mir zu sein, dass er schon zu genervt war, bevor er das Streichholz entzündete. Solcherart geladen, war das Scheitern schon vorprogrammiert und nach dem fünften Streichholz, das erlosch, noch bevor es seinen Dienst versehen konnte, geriet Franz in eine solche Rage, dass er seine Meerschaumpfeife wütend in den Teich schleuderte. Dabei traf er versehentlich einen Schwan am Kopf. Der Schwan begann zu zetern und wild mit den Flügeln zu schlagen. Zornentbrannt steuerte er direkt auf Franz zu, fest entschlossen, ihn zu attackieren. Damit hatte Franz nicht gerechnet. Er packte seine Sachen, eine Dose mit Bier und ein in Zellophan gewickeltes Stückchen Paprika, und rannte davon. Der Schwan hinterher. Zu gerne hätte ich noch zugesehen, aber ich musste selbst weiter. Baxter hatte gerade das Drogenversteck eines Dealerpärchens gefunden und hielt ein großes Päckchen mit Gras zwischen den Zähnen. Die beiden Dealer waren aufgebracht und liefen vor Baxter auf und ab. Sie wussten nicht, was der beste Weg war, damit die Situation nicht eskalierte. Gewalt, Geduld oder Davonrennen. Ich schüttelte verärgert den Kopf und schritt in ihre Richtung.

Kate und Jim feiern Flitterwochen. Sie haben sich einen alten Kastenwagen besorgt und fahren quer über das Land. Sie wollen ihre Ehe zelebrieren. Sie wollen essen, auf Konzerte gehen, wild ficken. Sie hat ihren BH zuhause gelassen, und wenn der Wagen besonders ruckelt, die Sonne durch das Seitenfenster fällt und der Stoff der Bluse von seinem angedachten Platz rutscht, dann trifft ein warmer Lichtstrahl ihre wunderschöne Knospe, in der Wärme blüht sie auf vor Behaglichkeit, und die Frau hat keine Eile, sich das Shirt zu richten. Irgendwann muss sie vor Freude kichern, ganz unbeschwert, und ihr Mann wird auf das schöne Naturspiel aufmerksam und fährt von der Straße ab, um ihr das Licht von der Brust zu saugen und die Hand in ihr tropennasses Höschen zu schieben. Sie stöhnt auf. Hastig öffnet sie seinen Gürtel, seinen Zippverschluss und ergreift seinen steifen Schwanz, den sie nun mit so unbeherrschter Lust abwichst, dass der hintere linke Reifen platzt. Alle drei, Mann, Frau und Reifen, explodieren im selben Augenblick, das Sperma spritzt aus dem Fenster und ein großer Tropfen landet auf dem knallroten Rücken einer Spinne, die gerade eine Fliege mit ihrem Netz bespinnt.

Drei Stunden später ist es ihnen immer noch nicht gelungen, den Reifen zu wechseln. Es wird dunkel, es bleibt ihnen nichts anderes übrig, als auf einem nahe gelegenen Schloss Zuflucht zu suchen. Die Eigentümer des Schlosses, ein eleganter Silberfuchs und seine Frau, kümmern sich sofort mit aller Behutsamkeit um die beiden – klar können sie dort übernachten, bis am nächsten Tag der Automechaniker aus dem benachbarten Ort kommt, um den Wagen zu reparieren. Die Schlossbesitzer wollen zuvor die

Leute aber kennenlernen, fürstlich mit ihnen speisen und die Kultur dieser speziell warmherzigen Gegend Portugals näherbringen.

Im Laufe des Abends fällt immer wieder – zuerst scheinbar unabsichtlich, dann bewusst austestend, schließlich mit großem Selbstbewusstsein – die Sprache auf Ärsche. Beim letzten Gang, gelockert durch die vielen Gläschen Rotwein, können die beiden Gastgeber gar nicht mehr anders, als den menschlichen Arsch in all seiner Pracht zu feiern. Immer wieder muntern sie Kate und Jim auf, den Arsch ebenfalls zu preisen. Jeder Versuch, das Thema zu wechseln, scheitert. Binnen eines Satzes wechseln die Gastgeber wieder auf das beherrschende Thema zurück. Mal mehr, mal weniger elegant.

»Eine wunderbare Aussicht haben Sie hier.«

»Aber die schönste Sicht ist die Sicht auf einen Arsch des anderen Geschlechts.«

»Das Schönste an der Schweiz sind die Berge in der Nacht.«

»Es gibt nichts Schöneres als Berge in der Nacht, oder doch, wenn man Sir Oscar Wilde glauben möchte, der meinte, das Beben zweier Backen, warmdurchblutet und zufrieden vom Tag ... was für ein Arsch! Was für ein Arsch!«

In dieser Nacht werden Kate und Jim, während sie durch die vielen verschiedenen Räume des Schlosses wandeln – mal sitzen sie vor dem Kamin, mal auf der Terrasse, mal in der Bibliothek –, von all dem schweren Wein und dem ununterbrochenen Gerede zermürbt. In ihrem erschöpften Zustand glauben sie sogar, dass es ihre eigene Idee ist, mit dem Grafen und seiner Frau ein Arsch-Swinger-Quartett durchzuführen. Schließlich hatten sie geplant, in den Flitterwochen all ihre Lüste auszukosten, bevor der eheliche Alltag sie in seinen Fängen hätte.

Nach den Gesprächen über die vielfältige Schönheit des Arsches erwartet man sich jetzt natürlich eine ungeheure Transgression in eine Art anale Spiritualität. Doch nur zwei schlampig gedrehte Szenchen beenden die Szenerie auf dem Schloss. Während der silberhaarige Graf auf Kates Arschbacke eine Cocktail-Kirsche ein wenig hin- und herrollt – oft blickt Kate verwirrt auf, ob es das schon gewesen sein soll –, wird Jim dazu überredet, der Gräfin einen kurzen Strohhalm in den Hintern zu schieben und mehrmals tief daran zu ziehen. Die Gräfin kommt mit einem lauten Schrei, Jim verschluckt sich und hustet, die Kirsche rollt davon, dribbelt leise klackernd eine Steintreppe hinab, in den Hof.

Am nächsten Morgen wird das Auto repariert, Kate und Jim brechen auf. An ihren müden Gesichtern erkennt man klar: Die Flitterwochen sind für sie zu Ende.

Zorro in der Herren-Sauna (Spanien, 1993)

Zorro, mittlerweile Mitte 50, leidet unter Erektionsproblemen. Die Frauen mit den schwarzen Haaren, wilden Nussaugen und glänzenden Ärschen, die sich ihm in feurigen Kreisbewegungen entgegenrecken, lassen seinen Schwanz seit geraumer Zeit kalt. Er probiert einige verruchte Positionen aus, aber außer aufgeschürften Knien und blauen Flecken am Hals hat es keine verfestigende Auswirkung. Als er am Rande einer Schlucht sitzt, die glutrote Dämmerung vor Augen, geht er in sich und überlegt, ob er es hier nicht einfach mit einer unkomplizierten Altersschwulheit zu tun haben könnte. Er beschließt, eine mexikanische Herrensauna aufzusuchen und sich dort Schwanz und Hoden lecken zu lassen, um zu sehen, ob sich sein Verdacht auf verspätetes homosexuelles Erblühen erhärten ließe. In der Sauna entdeckt er allerdings eine ganz neue Seite an sich. Ja, das mit der Homosexualität scheint tatsächlich zuzutreffen, kaum schnipst jemand mit dem kleinen Finger gegen seine Hoden, steht sein Schwanz stramm, und beim Berühren der Eichel mit der Zungenspitze spritzt er dem jeweiligen unrasierten Verehrer die gelbliche Zorro-Sauce ins Gesicht. Da muss er gar nicht lang überlegen. Aber Zorro war zeit seines Lebens von starken Frauen umgeben, sein Vater war früh bei einem Messerkampf gestorben, seine Mutter zu ihrer Schwester und deren fünf Töchtern gezogen. Es ist in der Tat das erste Mal, dass Zorro längere Zeit mit einer größeren Anzahl von Männern spricht. Deshalb fällt ihm zum ersten Mal auf, wie ekelhaft die Männer untereinander reden. Der Stolz, die primitive Sprache, die besessene Besserwisserei, die Pflicht zum Sieg. Fürchterlich! Er verabscheut Männer. Der

Geruch eines Mannes macht ihn hart, seine Worte bringen ihn zum Würgen.

Etwas war außer Kontrolle geraten. Franz bekam seine Körperhygiene nicht mehr in den Griff. Eine säuerliche Schwade umgab ihn, wo immer er war. In seinem Bart klebten verdorbene Essensreste, seine Glatze war von grünlich schimmerndem Schweiß bedeckt. Ich winkte zweimal mit dem Zaunpfahl, ein drittes Mal sagte ich es ihm direkt ins Gesicht. »Franz, dein Sein entgleitet dir. Du riechst wie erbrochene Suppe.«

Aber Franz richtete nur beleidigt seinen Kragen und kaute vorwurfsvoll an einem Kugelschreiber. »Ich rieche durchaus noch gut«, sagte er mit sarkastischem Unterton. »Bist du jetzt unter diese Flakon-Schnüffler gegangen? Du bist die Wahrheit einfach nicht mehr gewöhnt. Wir schummeln uns die Welt doch zurecht mit unseren Lügen. Niemand gibt sich so, wie er wirklich ist. Niemand, der sich nicht optimiert und glättet. Wer kennt denn heutzutage noch normalen Geruch? *Ich* muss mich nicht vor den Sozialkontrollen der Wachmarionetten rechtfertigen. *Ich* muss mich nicht verstecken, ich rieche eben wie ein *Lebensmensch*. Wenn ich Lust habe, benässe ich meine Achsel, wenn nicht, lasse ich es bleiben. Das ist das Leben eines *Königs*!«

Ich stand auf und bat Franz zu gehen, aber als er um den Tisch herum zur Tür wollte, stellte ich ihm ein Bein. Als er sich aufrichtete, war ich über ihm und versperrte ihm den Weg. In einem kurzen Gestrampel nahm ich Franz in den Schwitzkasten und zog ihn mit in mein Badezimmer, wo ich ihn in die Duschkabine stieß. Er konnte es gar nicht fassen. Er war außer sich vor Wut. Da drehte ich die Dusche auf, das Wasser ergoss sich auf seine Glatze, seine Weste und seine Hose, der braune Schlamm löste sich von seinen Schuhen. Ich ließ ihn erst wieder heraus, als er sich beruhigt hatte.

Franz war am Apparat, um sich zu beschweren. Ich hatte in der letzten Woche wohl irgendwelche lobenden Worte zu schnell gesprochen, zu monoton betont, sodass es besser gewesen wäre, ihn nicht zu loben, als ihn in einer solch abgefeimten Durchschaubarkeit zu loben, dass die Gestaltung des Lobs ihn niederschmetterte. Jetzt wollte er mir alte Briefe zurückgeben, die für ihn nun keinen Wert mehr besäßen. Was solle er denn jetzt mit diesen Zeilen anfangen? Durch mein perfides Lob hätte ich ihm die Fragilität meiner Worte vor Augen gehalten. Er müsse davon ausgehen, dass der glänzende Inhalt dieser Brief nicht so gelesen gehörte, wie er es immer getan hatte (glänzende Augen, die Faust vor Rührung an die Brust gedrückt), sondern mit einer inneren Stimme, die der von Walter Bluhm, dem Synchronsprecher von Stan Laurel, ähnelt. Durch deren brutale Übertreibung ins Weinerliche sei der wahre Sinn dieser Briefe nicht in einer Bestärkung oder einem interessierten Austausch zu finden, sondern in der kompletten Verhöhnung des Adressaten, in der Überschüttung eines Pudels, der eben erst ins Leben geschnuppert hatte, mit einer jahrhundertealten Kloake aus Niedertracht und Misstrauen.

»Hör mal«, musste ich ihn grob unterbrechen, »es gibt doch gar keine Briefe. Ich habe dir in meinem Leben noch keinen Brief geschrieben.«

»Das ist doch egal, du bornierter Ast! Es geht doch gar nicht um diese Briefe. Es geht um das Prinzip dieser Briefe.«

Ich traf Franz am Hernalser Friedhof, wo er großes Vergnügen daran empfand, sich über die Namen und Inschriften der Toten lustig zu machen. Mittendrin in seiner Lästerrede meinte er plötzlich: »Man kann von Putin halten, was man will, aber auf seinem Grabstein würde er solch vertrottelte Grabinschriften nie zulassen.«

»Ich denke, das werden wir bei gegebener Zeit noch sehen«, sagte ich und war verblüfft, wie einfach es war, in einem Gespräch mit Franz die Stimme der Vernunft zu sein.

»Alle Welt machte sich über Putin lustig wegen der gestellten Bilder in der Kampfschule«, sagte Franz.

Im Jahr 2007 besuchte Putin in Tokio den Olympiasieger Yasuhiro Yamashita und ließ sich dabei ablichten, wie er jugendliche Schüler im Kampf besiegte.

Franz fuhr fort: »Dabei war das natürlich nur zu Ende gedachte Klugheit. Denn wie soll man als Volk Vertrauen haben können, wenn dem Staatschef sogar die kleinste Inszenierung egal ist? Olof Palme hätte sich aus falsch verstandener Güte von Kindern grün und blau schlagen lassen, aber was wäre das für ein gefährliches Signal gewesen? So etwas ist doch verantwortungslos!«

Franz sprach noch eine Weile so bewundernd von Putin, bevor er zur Sache kam. Er wolle sich endlich bei mir revanchieren und mich zum Essen einladen. »Auch wenn du mich immer nur auf das eingeladen hast, was ich *wollte*, und nicht auf das, was ich *brauchte*, ist es nunmehr an der Zeit, mich erkenntlich zu zeigen.«

Wir besuchten die Aida am Elterleinplatz, wo er für mich zwei Schinkenröllchen orderte und für sich ein Stück Gugelhupf. Kaum hatte ich vom ersten der beiden Schinkenröllchen abgebissen, vermeinte Franz am Gehsteig einen alten Bekannten vorbeigehen zu sehen und stürmte aus dem Lokal.

Und doch: Als müsste er sich langsam mit der Idee anfreunden, zückte Franz in den Tagen darauf immer wieder zaghaft den einen oder anderen Geldschein, um mich einzuladen. Waren diese Einladungen erst im Rahmen von Mikrotransaktionen angesiedelt (»Was sagst du zu diesen Maroni? Wollen wir uns welche teilen?«), wurden sie sukzessive größer. Bald schon teilte er sich mit mir ein Menü und überließ mir die Suppe, schließlich ein ganzes Essen, und beim nächsten Mal bestellte er sogar sorglos eine Flasche Wein und Kaffee zur Mahlzeit. Als vorläufigen Höhepunkt lud er mich letzte Woche ein, mit ihm an einem Wochentag drei Runden mit der Liliput-Bahn zu fahren, wobei wir eine verzierte Kindergeburtstagstorte jausneten. Er spielte das alles runter und meinte, er hätte bloß Gutscheine gefunden und eingelöst. Als wir bei der Märchenbahn mit ihren Alpenbildern und wasserspuckenden Gartenzwergen vorbeifuhren, winkten Kinder aus der wartenden Menge, manche liefen lachend neben der Dampflok her, und auch Franz juchzte nun. Er streckte die Arme aus und versuchte brüllend die Zischgeräusche des Dampfs und das jubilierende Horn der Lok zu übertönen. »Putin!«, rief er. »Putin! Putin! Superputin!«

Er strahlte mich an, verzog das Gesicht zu einem breiten Grinsen, sein Bart schokoladeverschmiert, seine Zähne übersät mit Tortenkrümeln, und plötzlich fiel mir auf, wie sehr Franz' glückliches Kinderstrahlen das genaue Gegenteil desjenigen Ausdrucks war, den der schwanzsüchtige Graf Vincent in dem Film *The Bride's Dick* aufsetzte, als er nach jahrelangem Zuwarten und einer sündhaft teuren Hochzeit mit seiner Braut, dem chilenischen Ladyboy Sing-Sin, dessen Hochzeitskleid hochzog und gar nicht den in seiner Fantasie vielbeschworenen Männerschwanz vorfand, sondern den rostigen Lauf einer mexikanischen Pistole, die nun auf ihn feuerte.

Franz war nun offiziell zu Geld gekommen. Er hatte sich ein neues Sakko gekauft, ein buntes Tuch, strahlend weiße Turnschuhe, eine neue Brille. Als jemand, der die letzten Jahrzehnte am Rande des Existenzminimums zugebracht hatte, vermochte er überhaupt keine Distanz zu seinem Geld aufbringen. Manchmal steckte er mir einfach zwanzig Euro in meine Jackentasche und zwinkerte mir zu. In den mittlerweile schon sehr teuren Restaurants, die wir aufsuchten, zahlte er mit großen Scheinen und wies die Kellner an, das Restgeld mir zu geben. Ich wollte ihn in seinem neu gefundenen Selbstbewusstsein nicht vor den Kopf stoßen, also schmiss ich das geschenkte Geld erst dann in den Mistkübel, wenn Franz wieder außer Sichtweite war. Der gute alte arme Franz war neureich geworden. Das musste für seine Prinzipien ein Desaster werden. Bald, so war ich überzeugt, würde er alles, was er gepredigt hatte, über Bord werfen und von seinem Gewissen über den Hof gejagt werden.

Wir saßen auf der Terrasse im Steirereck, Franz wischte sich den Zucchiniblütensaft mit seiner Krawatte vom Kinn und beugte sich zu mir: »Das war einfach toll, wie Putin die russische Mafia bezwungen hat. Einfach toll gemacht. Die russische Mafia ist die brutalste auf der Welt. Als schwacher Staatschef bist du für die nur ein Hasenpfötchen in einer Strumpfhose. Die größte Gefahr in Russland war ja nicht, an Hunger zu sterben oder im Gefängnis zu landen, sondern im Messerhagel eines Gang-Gefechts zu verbluten. Aber Putin hat die Mafia einfach verstaatlicht und so die Liebe des Volks gewonnen. Da muss man doch begeistert sein. So viel staatstragende Schläue. Begeistert. Das musst du zugeben.

Gib es zu. Komm, schreib hier auf diese Serviette, wie sehr ich recht habe.« Er schob eine Serviette zu mir rüber, auf die ich pflichtschuldig eine Knackwurst mit Brüsten kritzelte. Ich reichte sie ihm zurück. Mit zufriedenem Gesicht, ohne darauf zu blicken, steckte er sie ein.

Franz überraschte mich beim Anstehen an der Feinkosttheke im Gourmet-Meinl am Graben mit einem Vorstoß: »Warum schreibst du denn nicht über das sagenumwobene Sextape mit Wladimir Putin, über das in letzter Zeit alle reden?«

»Du bist doch der Einzige, der darüber redet. Das ist doch nur ein Gerücht.«

»Für Putin ist es ein Klacks, das Internet zum Schweigen zu bringen. Aber ich kenne eben Leute, die Leute kennen, und die sind im Besitz dieses Videos und zeigen es unter gewissen Umständen auch her.«

»Hast du es denn schon gesehen?«

»Selbstverständlich habe ich es schon gesehen, und es ist mir unverständlich, warum Wladimir Putin andere daran hindern will, es anzuschauen. Er fickt darin so gut, dass man als Mann sofort einen Penisneid bekommt. So großartig, so schön, so russisch ist diese präsidiale Breitwand-Bumserei, dass man es auf der Stelle aufgeben will, je wieder selbst zu ficken. Also bei mir war das zumindest so. Fünfzig Deka Hummerschinken, bitte!«

Noch als wir beim Theseustempel saßen, schwärmte Franz von diesem Sextape, während er sich die hauchdünnen Hummerschinkenscheiben direkt aus dem Wurstpapier in den Mund stopfte.

»Es handelt sich um ein 22-Stunden-Echtzeit-Video. Putin befindet sich mit einer maskierten Opernsängerin auf seiner Sommerresidenz. Wir beginnen mittendrin. Er zeigt ihr seine Pferde, es handelt sich um die besten, schnellsten und stärksten Pferde der Welt, wie er schlüssig argumentieren kann, während er mit seinen Reiterstiefeln der Opernsängerin erst den Rock hochzieht, sich dann mit seinen Sporen in den Rüschen ihres schwarzen Höschens verhakt und es ihr so mit einer eleganten, bedachtsamen Bewegung herunterzieht. Sie zittert und freut sich, und ihre Möse freut sich noch mehr. Die Schamlippen und die durchdacht rasierte Schambehaarung glänzen vor Feuchtigkeit. Aber ist es Putin auch feucht genug? Mit dem Griff seiner Reitgerte stößt er in sie hinein und lutscht dann daran. Er nickt anerkennend und stößt die Sängerin in das Stroh. Aber ist Putin schon so weit? Er konzentriert sich, schließt sogar seine Augen, um sich zu konzentrieren. Er leitet mehr Blut in seinen Penis, als das uns einfachen Männern möglich ist. Ganz allein aufgrund der Größe und Härte seines Organs öffnet sich Zäpfchen für Zäpfchen seines Zippverschlusses. Der Hosenknopf springt davon. Man hört ihn, wie er durch den Stall schießt und von den Wänden abprallt. Dann ist es so weit. Putins Schwanz bäumt sich auf, die Hose rutscht auf Halbmast. Das hat jetzt nichts mit Homosexualität zu tun, aber ist es das schönste und ehrfurchterregendste Objekt, das je aus Menschenfleisch erschaffen wurde? Ja! Da sitzt jedes Äderchen perfekt und erzählt eine Geschichte der Liebe zu seinem russischen Volk. Aber nicht nur der Zuseher wird ganz verrückt vor Lust auf diesen Schwanz – wie gesagt, das ist rein biowissenschaftliche Verehrung –, auch die Opernsängerin gerät in Rage und knurrt und brummt und schleckt sich die Lippen glitschig. Sie stürzt vor wie ein geiler Habicht, und man glaubt schon, sie mampfe das gute Stück einfach weg, so tief in den Hals steckt sie es sich. Putin zuckt mit keiner Wimper. Für ihn hat alles seine Ordnung. Er –«

»Sag mal«, ich hatte einen Verdacht, »willst du mir jetzt den ganzen Film erzählen?«

»Ja. Er greift also in ihr Haar und wickelt sich eine Locke um den Finger. Das scheint sie noch mehr zu erregen.«

Und so saß ich vier Stunden lang mit Franz im Volksgarten, wo er mir mit wenigen Abkürzungen die Vorkommnisse des gesamten Sextapes erzählte. Nach dem Stall ging es zum See, wo Putin mit bloßer Hand einem Schwan das Genick brach, um ihn zu rupfen, aufzuspießen und über einem Feuer zu grillen – dies alles, während er mit seinem Schwanz auf den prallen Arsch der Opernsängerin trommelte, dass durch die Vibration ihre Klitoris so massiert wurde, dass sie, ihr Glück kaum fassend, ein dutzend Mal unter Tränen, singend kam. Nachdem sie den Schwan verspeist hatten, stürzten sie sich wie die wilden Tiere aufeinander und liebten sich auf der leer gefressenen Platte zwischen übrig gebliebenen Kohlsprossen, Kaviar und Schwanknochen. Dann gab es der Opernsängerin zuliebe eine Parade auf dem Hauptplatz, von der sie nicht viel mitbekam, da sie unterhalb der Balustrade Putins Zehen ablutschte und jede mit einem väterlichen russischen Kosenamen bedachte. Sie liebten sich in einem Luster, zu Pferde, im Cockpit eines Helikopters, in einer Sänfte und auf einem Berggipfel. Es kamen Handschuhe mit feinen Noppen ins Spiel, ein Haarspray, ein offensichtlich notgeiler Oktopus und eine pfeifend onanierende Patsy Kensit.

Irgendwann musste ich eingeschlafen sein, denn Franz watschte mich mit Schinken und rief: »Bist du verrückt? Putin fickt gerade so schön und du schläfst ein? Was soll er denn noch alles machen!« Er trat mich in die Seite. »Jetzt stell dich doch nicht so an und schreib über das Sextape. Mach doch einmal etwas Vernünftiges!«

»Gut, ich mach es. Aber zuvor will ich es sehen. Ich schreibe über keine Filme, die ich nicht gesehen habe.«

Franz wurde bleich, er schluckte. »Okay«, sagte er mit leiser Stimme. Er kratzte sich den Hinterkopf.

Ein paar Tage später brachte er mir konspirativ einen Aktenkoffer in die Wohnung. Darin waren 16 VHS-Kassetten, auf denen das ganze Sexvideo zu sehen sein sollte. Ich braute uns einen Kaffee und legte das erste Video ein. Das Band hatte ein verrauschtes, verzerrtes Bild, als hätte man das Video seit der Ursprungsquelle zwölfmal weiterkopiert. Aber auch die Kameraaufnahmen selbst waren verwaschen, die Farben ausgebleicht, nur ein gräulich-bläulicher Schleier verhinderte, dass es wie ein Schwarzweiß-Film aussah. Man konnte die Umrisse von zwei Personen sehen. Weiß, ein Mann und eine Frau, die Haarfarbe zu erraten, war schon schwieriger. Man konnte nicht verstehen, was die beiden zueinander sagten, fast konnte man auch nicht verstehen, ob sie überhaupt etwas zueinander sagten. Im Hintergrund plärrte auf einem Fernseher, der nie im Bild zu sehen war, ein Pornofilm. Dem Keuchen nach zu schließen, eine Orgie, in der Menschen, Affen und Menschenaffen zugange waren. Es war wahrscheinlich, dass die beiden ihre sexuelle Wanderung in einem Stall eröffneten, so weit konnte Franz' Schilderung stimmen, ganz sicher konnte man sich aber nicht sein. Irgendetwas kam mir an dem Film komisch oder, nein, eher bekannt vor.

Mitten in der dritten Kassette fiel es mir wieder ein. »Ich kenne diesen Film. Den habe ich schon gesehen. Das muss so 2006/2007 herum gewesen sein. Schade, Franz, das ist nicht Putin«, sagte ich und stellte die Kaffeetasse auf den Tisch. »Das ist das Sextape von Steven Seagal.«

Ich bekam ein überraschendes Mail von Marvin Latskos Mutter. Sie teilte mir mit, dass es Marvin wieder gut ginge. Nach seinem Rauswurf bei VICE und einem kurzen Engagement als Pressetexter der Wiener Neudorfer Wasserspiele, bevor er auch dort rausgeworfen worden war (dies alles war mir neu), habe er in Kalksburg eine Therapie angetreten (neu), und lebe nach deren Abschluss jetzt wieder bei ihr (neu, neu, neu). Es gehe ihm jetzt wieder gut. Anbei ein Foto als Beweis (lächelnd in seinem Zimmer auf dem Bett mit einbandagiertem Kopf). Er sei noch nicht so weit, um schon wieder persönlich Kontakt aufzunehmen. Aber er möchte mir ausrichten, dass er mir verziehen habe.

Ich antwortete ihr prompt, dass sich Marvin nicht den Kopf zerbrechen solle. Ich hatte kein einziges Mal mehr an ihn gedacht, seitdem ich das letzte Mal mit ihm gesprochen hatte. Er sehe auf dem Bild wirklich fröhlicher aus als damals, befreiter, gelassener. Aber ob ihr, der Mutter, aufgefallen sei, wie unaufgeräumt das Zimmer von Marvin ist? Ist es nicht gerade nach einem Entzug von dringlichster Wichtigkeit, ein diszipliniertes Regime einzuhalten – ganz besonders räche sich jeder kleinste Anfang von Verwahrlosung?

Da haben Sie recht, antwortete mir seine Mutter, ich werde dem Faulpelz Beine machen.

Sensuella – Die Gesetze der Lust (Frankreich, 1982)

Innerhalb von zwei Wochen war Franz wieder dort angekommen, wo er gestartet war. Statt Lachsgulasch auf der Veranda der Staatsoper zu schmausen, schälte er sich wieder verschämt ein Ei auf dem Parkplatz hinter dem Supermarkt und löffelte dazu Zwiebeln aus dem Elsass aus der Dose.

»Was ist bloß mit mir passiert?« Er stützte seinen Kopf in seine Hände, massierte seine Glatze mit großen schwammigen Bewegungen. Dann hielt er die Hände vors Gesicht und starrte sie mit großen Augen an. »Was sind das für fleischige Ungestalten, die mir nur Pech und Schwefel bringen? Was habe ich getan, dass ich aus all den Gabelungen, die sich vor mir auftun, mit hellseherischer Gewissheit den Weg wähle, der mir den Hals noch weiter zuschnürt und mich in meinem Elend baumeln lässt?«

Es war sinnlos. Ich faltete die Zeitung zusammen, noch bevor ich den Artikel zu Ende gelesen hatte, und legte sie auf den Küchentisch.

»Ich habe Schulden, Bruno, und erstmals in meinem Leben habe ich Feinde, die bereit sind, mir mit der Faust auf den Schädel zu schlagen.«

Was war geschehen? Nach einem Symposium über die Philosophie des Kalten Kriegs, bei dem Bruno als Einziger nicht die Gelegenheit ergriff, die Zustände der feindseligen Übernahme der Krim anzuprangern, ganz einfach, weil er seit Jahren keine Zeitung mehr gelesen hatte und sich nicht so genau auskannte, war er von einem russischen Kommunikationswissenschaftler, der sich seit Jahren in Wien aufhielt, angesprochen worden, ob er nicht im Rahmen eines Think Tanks zur Pflege der russisch-europäischen Gesprächskultur eine gutbezahlte leitende Rolle übernehmen wolle. Nichts liebte Franz zeit seines Lebens mehr, als gut bezahlt zu sein, also sagte er ohne großes Nachdenken auf der Stelle zu.

Nach wenigen Tagen, in denen man der lieben Ordnung willen um den heißen Brei herumgeredet und ganz allgemein die Veränderungen und nationalen Unterschiede bei der Verwendung neuer digitaler Kommunikationsformen besprochen hatte, kam der Russe auf den Punkt: Franz solle ein Büro von etwa 20 Journalisten leiten, die in den Foren der Tageszeitungen, in Blogs wichtiger Meinungsmacher und in den gängigsten Social-Media-Plattformen immer dann, wenn ein kritischer Blickwinkel auf Putin und seine Regierungsgeschäfte geworfen würde, mit mehreren Kommentaren für eine Gegensicht sorgen. Diese Kommentare sollten formal sachlich erscheinen, inhaltlich ginge es aber um eine rabiate Umdeutung des Diskurses, um das Streuen von Zweifeln und in weiterer Folge um die generelle Diskreditierung der einzelnen Medien.

Jeden Morgen traf man sich um 8 Uhr zu einer Redaktionssitzung in einem Palais im ersten Bezirk, wo man die aktuellen Geschehnisse besprach und Argumente vorbereitete. Gab es einen schwer zu argumentierenden militärischen Eingriff, so wurde in den Geschichtsbüchern nach einem ähnlichen Vorgehen von westlicher Seite geforscht – bis zu 800 Jahre durfte man hier zurückgehen –, mit der man dann jede Art von Kritik als Heuchelei entlarven konnte. Bruno sollte die Journalisten leiten. Er sollte für den richtigen intellektuellen Tonfall sorgen, für die Einhaltung rhetorischer Beweisketten, schlicht für einen guten Sound dieser Einwände.

Das ging anfangs recht gut. Bruno war von Putin begeistert, denn diese Begeisterung wurde ihm fürstlich bezahlt. Lange genug hatte Bruno im Hochschulwesen gearbeitet, um den untergriffigen Ton unbegrenzt reproduzieren zu können. Auch die Journalisten waren von großem Eifer ergriffen, der daher rührte, dass sie durch die Bank geschieden waren und arbeitslos und die Kurse beim Arbeitsmarkt-Service schlichtweg satthatten.

Mit derselben schäbigen List, mit der mir Franz früher auf subtile Weise Schuldgefühle einjagen wollte, weil ich ihm kein Geld / zu wenig Geld geben wollte oder einem Schuldenerlass humorlos gegenüberstand, riss er schnell jegliche Themenherrschaft auf den Kommentarseiten der Feuilletons an sich und sein Team, das unter verschiedenen Pseudonymen locker eine Hundertschaft von erregten Diskutanten simulieren konnte. Sei Putin wirklich so viel schlimmer als andere Staatsmänner? Habe ein entlassener Arbeiter in einer Fabrik nicht ebenso wenig Einfluss auf die Politik der EU wie ein russischer Wodkabauer, aber würde dieser Wodkabauer nicht warmherziger geliebt, denn wie solle eine so kalte bürokratische Maschine wie die Europäische Union so etwas wie Gefühle haben? Das sei doch lächerlich. Aber Putin, das sei ein Mensch, vielleicht mit Schwächen, vielleicht mit Fehlern, aber dann doch den, dass er seine Leute zu sehr liebte und zu stark reagierte, wenn er die russischen Mütterchen bedroht sah. Und brauchte die Welt nicht gerade jetzt jemanden, der die Russen mit starker Hand vereinen konnte? Was wäre denn, wenn ein weicher Zweifler das Ruder in die Hand nähme? Es würde ihn zerreißen, die internen russischen Machtblöcke würden ihn zerstören und jagen wie eine nach Fleisch riechende Rostbüchse, die man in einen Hundezwinger geworfen hatte. Und zeige die westliche Welt nicht, wohin es führe, wenn man Karl Marx ignoriert und die Reichen tun und lassen lässt, wie sie wollen? Und so weiter. Und so fort. Dies alles in verschiedenen Schreibstilen und Tonalitäten.

Mutter Russland war hochzufrieden. Und auch Franz war hochzufrieden, denn seit Langem hatte er keine solch positive Resonanz mehr bekommen. Die Stelle in seiner Brust, die dazu da war, um vor Stolz anzuschwellen, war lange Jahre wie ausgetrocknet gewesen, und plötzlich pulsierte da wieder das warme Blut. Nach seinem zweiten Arbeitstag musste sich Franz am Heimweg an einer Laterne festhalten, weil er nichts mehr sehen konnte, so sehr flossen ihm die Tränen aus den Augen. Und die vielen Reaktionen! Nie hatte Franz mit seinen eigenen Thesen so viel Wirbel erzeugt. Die Leute knirschten mit den Zähnen vor Wut und geiferten in alle Richtungen. Doch was nützte es ihnen? Franzens Propagandawalze aus hunderten Stimmen machte sie einfach platt. Wurden eigentlich noch Orden verteilt in Russland? War es nicht bald an der Zeit, dass Franz inmitten eines kreischenden Militärorchesters auf ein Podest stieg, um sich eine Medaille ans Revers heften zu lassen? Ein Pistolenschuss, der den Applaus einleitete, wäre nett, und ein daraufhin in den Himmel entfliegender Schwarm an Tauben, die die Freiheit des Wortes symbolisierten – war das nicht angemessen ob der Tollheit von Franz?

Seine Geschäfte liefen gut. Das an und für sich schon sehr ansehnliche Gehalt wurde mit zahlreichen Prämien verschönert. Franz war begeistert. Offensichtlich hatte er in wenigen Tagen die Erwartungen, die man in ihn gesetzt hat, mehr als erfüllt, was sollte es da schon groß schaden, wenn man ein klein bisschen des ihm zur Verfügung stehenden Apparates dafür nutzte, um da und dort die Leute darüber aufzuklären, was sich wirklich hinter der sympathischen Maske des Sir Peter Ustinov verbarg? Erst war es nur ein Halbsatz hier, ein Halbsatz da, eine kleine Spitze nur in einem Meer von putinfreundlichen Bemerkungen. Franz legte durchaus beachtliche Kreativität an den Tag, wenn es darum ging, Sir Peter Ustinov als warnendes Beispiel zu etablieren, als verweichlichten übergewichtigen Gegenpol gegen die raue russische Durchsetzungskraft. Hätte der fette Sir, wie ihn Franz nannte, gegen die Schüler der besten chinesischen Kampfschule bestehen können? Müsste er diese Frage wirklich beantworten?

Wäre es bloß dabei geblieben. Es lief doch alles so gut. Der russische Kommunikationsberater gratulierte ihm. Er schüttelte Franz mit beiden Händen die Hände, streichelte seine Wange und küsste seine Stirn. Franz wurde gelobt, denn die Herabsetzung von Sir Peter Ustinov hatte einen wohltuenden Nebeneffekt. In den Schreibabteilungen der um Meinungshoheit konkurrierenden PR-Abteilungen der NATO, der CIA und wer auch immer noch sich ins Gefecht geworfen hatte, war man verwirrt. Was war das für eine seltsame Chiffre? Wurde hier klammheimlich eine Kommunikationsbombe aufgebaut, die erst in vielen Jahren zünden sollte? Man wollte das Gebiet der Sir-Peter-Ustinov-Forschung nicht kampflos den Russen überlassen. Und so kam es, das, sobald auf einer Website ein Artikel stand, in dem über Wladimir Putin berichtet wurde, in den Foren darunter ein heißes Gefecht um die Ehre des britischen Schauspielers entflammte. Der eigentlich heiß begehrte Kontext, nämlich der gefinkelt verwobene Spin, mit dem die militärischen Winkelzüge schöngeredet und vor allem als unausweichlich und unbedingt notwendig für das Wohl von Europa und als letzte Bastion gegen den Untergang präsentiert wurden, geriet immer stärker in den Hintergrund.

Schlussendlich wurde Wladimir Putin mit keiner Silbe mehr erwähnt. Franz hatte mit seinem Eifer die Mitarbeiter der Schreibstube angesteckt. Sie fuhren hinaus in die Welt und recherchierten, indem sie überlebende Bekannte befragten, Tagebücher von verstorbenen Freunden kopierten und, in letzter Verzweiflung, Gästebücher von Hotels, in denen Sir Peter Ustinov abgestiegen war, auf schmutzige Hinweise durchsuchten. Die größte Energie wurde allerdings auf die rechtliche Recherche verwendet, wie es möglich wäre, einem Verstorbenen den von der Königin von England höchstpersönlich verliehenen Adelstitel wieder abzuerkennen.

Dies alles auf Kosten des russischen Think Tanks und – mittlerweile – ohne jeglichen verwertbaren Nutzen für die putinsche Sache.

Aus dem Händeschütteln wurde ein schmerzhaftes, die Knochen zum Klingen bringendes Drücken, aus dem Tätscheln der Wange eine heftige Watsche und statt der Küsse auf die Stirn gab es Nüsse auf den Hinterkopf. Das Budget wurde gekürzt, halbiert, schließlich eingefroren und geprüft. Man hatte nicht lange prüfen müssen, um den Großteil von Franz' Ausgaben als vertragswidrig, ja, als einklagbar zu identifizieren. Was für ein Pech, dass gerade jetzt die Ölgeschäfte so schlecht liefen, sonst hätte man das eine oder andere Auge zudrücken können, nichts liebe das russische Volk mehr als einen verblendeten Narren, der sich in seiner Leidenschaft verrannte, aber so stellte man Franz in Aussicht, entweder die ihm überwiesenen Gehälter wieder zurückzuüberweisen oder die ihm überwiesenen Gehälter wieder zurückzuüberweisen – sehr viel mehr Alternativen gäbe es da leider nicht.

Franz hatte seine Geschichte beendet und massierte seine Stirn. Selbst Baxter sah mitleidig von seinem Körbchen her und hatte glänzende Augen. »Ich habe in letzter Zeit viel nachgedacht«, sagte er. »Jede Entscheidung, die ich in meinem Leben getroffen habe, hat mich einen Schritt weiter weg von Erfolg und Lebensglück gebracht. Einen Schritt näher an den Abgrund getrieben. Ich bin der Letzte, der die Gewalt haben sollte, über mein weiteres Leben zu entscheiden. Nicht ich, sondern Dostojewski soll mir helfen, den Weg aus diesem Morast an Scham und Niederlage herauszufinden. Bruno, wann hast du das letzte Mal *Die Gebrüder Karamasow* gelesen?«

Da musste ich kurz überlegen, aber Franz war an einer Antwort gar nicht interessiert.

»Aber du solltest es wieder lesen«, fuhr er fort. »Auch ich blättere immer wieder darin, wenn ich Trost suche. Was mich am meisten daran fasziniert, ist der Starez Sosima, ich liebe diese Figur, ich verehre das Konzept dieser Figur. Vielleicht ist dieser Starez der schönste Charakter in der Weltliteratur. Nicht sein Gesicht, obwohl ich mir das auch wunderschön vorstelle, sondern sein Wesen. Aber was macht diesen Starez so vorbildlich, so verehrungswürdig? Er übernimmt Verantwortung. Er übernimmt Verantwortung für andere. Zu ihm können die Menschen gehen, wenn sie es leid sind, mit ihren angeborenen Impulsen weiterhin gegen die Wand zu rennen, und sie rufen aus: ›O heiliger Starez, bestimme über mich. Befehlige mich, ich will alles tun, was du sagst.‹ Und dieser Starez Sosima – verweigert er sich, murmelt er beleidigt vor sich hin oder macht sonst irgendwelche Fisimatenten? Nein, er *bedankt* sich beim Herrgott für die weiteren Aufgaben und nimmt die Herausforderung an. Ich könnte weinen vor so viel Menschlichkeit, vor so viel Herzenswärme. Dostojewski ist ein wahrer Könner, er ...«

»Der Starez ist also wie Mario aus *Emmanuelle*?«

»Wa–? Bitte?«

»Na, Emmanuelle, diese lebenslustige junge Dame aus der Filmreihe aus den 70er Jahren. Sie besucht ihren Mann in Bangkok und bumst alles, was sich ihr in den Weg stellt.«

»Aha«, sagte Franz.

Ich hatte ihn aus dem Konzept gebracht. Mit seiner rechten Hand tastete er nervös nach seiner Brille. »Also, er ist recht schön gemacht für einen Softporno. Die Kulisse ist aufwendig. Exotischer Quatsch, aber irgendwie hat es was. Na ja, und sie führt mit ihrem Mann eine offene Ehe, und das findet sie einerseits gut, weil sie die tollsten sinnlichen Erfahrungen macht, aber andererseits knabbert es auch ordentlich an ihr, es kränkt sie, weil sie seiner nicht habhaft werden kann. Der Film erzählt von ihrer Reifewerdung, sie verwandelt sich von einem naiven Mädchen, das die Lüste nimmt, wie sie ihr zufallen, zu einer selbstbewussten Frau, die ihre erotischen Begierden auslotet und sich Erfahrungen hingibt, die sie zu einer neuen Person machen. Sie erstarkt durch ihre Triebe. Aber wie schafft sie den Höhepunkt der Emanzipation, wie gelingt es ihr, all diese Abhängigkeiten über Bord zu werfen?«

Franz brummelte nur. Mittlerweile hatte er seine Brille wieder gefunden und sich aufgesetzt. Er blickte mich aus großen traurigen Augen an. »Nun?«

»Durch Mario, einen alten Lustgreis, der ihr vorgibt, wann sie wen und wie zu ficken hat. Ein schmutziger Kutscher, er heuert Minderjährige an, die durch Drogen betäubte Emanuelle gegen ihren Willen ranzunehmen, er setzt sie als Belohnung aus für notgeile Boxer! Das ist ihre Emanzipation!«

»Na ja, aber der Starez ... Dostojewski ... Die Weltliteratur!«

»Na gut, da kann man auch sagen, das waren halt die 70er Jahre, da war ein Orgasmus wichtiger als jede Frauenbewegung.«

Franz räusperte sich, als ob er etwas sagen wollte, aber dann schwieg er nur und knetete seine Hände, bevor er mit zittriger Stimme sagte: »Ich fürchte mich so vor den Frauen, Bruno!«

»Und die Frauen fürchten sich vor dir, Franz, so kommst du nicht weiter.«

»Ich habe erkannt, dass ich aus eigener Erfahrung mein Leben nicht meistern kann. In mir lodert eine Angst, Bruno, die Angst zu gewinnen. Ich brauche einen Starez, Bruno, ich brauche jemanden, der sein Leben gemeistert hat und der mich mit einer kalten grausamen Klarheit sieht und mir vorgibt, was ich zu tun habe. Ich brauche eine schöne Person wie den Starez Sosima. Mit anderen Worten, ich brauche *dich*! Wie du mir vor wenigen Wochen das Bein gestellt und mich unter die Dusche gezwungen hast! Das hat mir die Augen geöffnet und ich war für einen kurzen Augenblick empfänglich geworden für das Glück, für das Schöne, für den guten Zufall. Mein Fehler war nur, wieder damit aufzuhören, auf dich zu hören. Ohne strenge Hand entgleitet mir alles. Sag mir, was ich tun soll, um nicht die letzten Blüten meiner Lebensjahre verwelken zu sehen. Was soll ich machen? Wie soll ich mich verhalten? Wie komme ich hier wieder raus? Magst du mein Leben in die Hand nehmen?«

Ich hatte einen Verdacht. »Damit sind aber keine finanziellen Verpflichtungen verbunden, oder? Ich meine, ich muss dann nicht für all deine Kosten aufkommen?«

Franz blickte aufgeregt um sich. Ich hatte ins Schwarze getroffen. »Was? Nein! Wie kommst du darauf? Daran habe ich … keine Sekunde … gedacht. Was hältst du … Nein!«

Es war ein Trauerspiel, Franz dabei zuzusehen, wie er sich wand. Natürlich wäre es darauf hinausgelaufen, aber jetzt hatte ich ihm diesen Trumpf vorzeitig aus der Hand genommen.

»Wenn es doch bloß nur um Geld ginge, Bruno, dann würde ich dankend deine Hilfe annehmen, das Geld einstecken und meine bedrückenden Schulden bezahlen. So aber muss ich ablehnen, ich brauche Hilfe, eine Art spirituelle Hilfe, die mich erlöst, aber nicht auf katholische oder buddhistische Weise. Was ich brauche, ist ein beseelter Agnostizismus, der mit Schärfe mein Leben einteilt. Sag mir doch, Bruno, was soll ich tun?«

»Ich soll dein Mario sein?«

»Nein, ich brauche doch niemanden, der mir aufzwingt, mit wem ich zu ficken habe.«

»Na ja, da müsste man wohl mehr als eine Person zwingen. Aber dieser Mario ist ein interessanter Charakter. Weißt du, sie haben sogar versucht, diesen Charakter in einem Spin-off der *Emmanuelle*-Reihe weiterleben zu lassen. Das war in den frühen 80er Jahren, als sie einen Film drehten, in dem er die Hauptrolle spielte. Sie hatten dann aber doch die Rechte nicht bekommen, so mussten sie die Figur kurzfristig umtaufen, in Marco! Und es ging auch nicht mehr um Emmanuelle. Sondern um einen ähnlichen Charakter, eine junge Frau namens Sensuella. Sensuella war auf der Suche nach der totalen Erleuchtung. Sie hatte schon mit ein paar Männern geschlafen, aber es gefiel ihr bestenfalls gut, nie war sie in jene Art von Ekstase geraten, von der manche ihrer Freundinnen so begeistert schwärmten. Auf einer Party wird ihr Marco vorgestellt, der ihr gleich ihre sexuellen Wünsche von den blauen Augen ablesen kann. Aber der Schauspieler ist mittlerweile halb erblindet, er trägt eine Brille, dick, rund und groß, und er geht wacklig mit zwei Gehstöcken. Aber noch immer ist er überzeugt von den Lehren seiner dekadenten Lust! Er bringt Sensuella dazu, sich reihenweise flachlegen zu lassen. Von Fischern, Hahnenkampf-Veranstaltern, von einer schwarzen Medizinfrau. Aber, und das ist das Interessante, man sieht deutlich, wie sehr sich die Zeiten geändert haben, denn Sensuella, glücklich über jeden erreichten Orgasmus, einer größer und verstörender als der andere, genügt es nicht mehr, sich zu unterwerfen. Die Unterwerfung ist nur ein kleiner Zwischenschritt auf dem Weg zur Werdung einer kompletten Frau. In der Mitte des Films dreht sie den Spieß um und bestimmt fortan über das Sexualleben ihres Meisters. Gelingt ihr das durch ihr mittlerweile außergewöhnliches Charisma? Jein – hauptsächlich übernimmt sie die Kontrolle dadurch, dass sie Marcos Brille klaut. Ohne diese sieht der alte Mann nur Schemen und ist in seinem Dasein gehörig eingeschränkt. Auch ist die Brille eine teure Spezialanfertigung, die optimetrischen Details erspare ich dir jetzt, aber lass dir gesagt sein, es ist nicht so einfach für Marco, diese Brille erneut anfertigen zu lassen. So erklärt es sich, dass er sich in Sensuellas Machtergreifung fügt und ihre sexuellen Fantasien auslebt. Er fickt mit einer dicken alten Frau im Bus, er lässt sich von einem Jahrmarktverkäufer den Saft einer überreifen Kokosnuss aus dem Arsch lecken, er lutscht eine junge Studentin, die ihn watscht, und er übernachtet in einer wunderschönen Sternennacht in einer Hundehütte mit zwei sichtlich erigierten Rottweilern. Am Ende ist er gebrochen, verzweifelt und winselt Sensuella um Gnade an. Aber Sensuella ist längst nicht mehr hier. Auf einem Luxusdampfer fährt sie Richtung Sizilien und wirft Marcos Brille über Bord. Ein interessanter Film, der nur etwas unter seinem geringen Budget leidet.«

»Warum erzählst du mir das, Bruno? Ist das schon ein erster Test, den ich bestehen muss? Soll ich mir eine neue Brille kaufen?« Er legte seine Brille auf den Tisch und drohte an, sie mit seiner Faust zu zerschmettern. Blitzschnell griff ich zu und brachte sie in Sicherheit. Er blickte meiner Hand, die die Brille auf einem Serviertischchen ablegte, beleidigt hinterher.

»Du verhöhnst mich doch nur, Bruno, und das trifft mich tief ins Herz. Du machst dich über mich lustig, dabei ist es mein bitterster Ernst. Ich brauche dich jetzt, wie ich noch nie jemanden gebraucht habe. Ich habe das jetzt verstanden … das war die erste Stufe meiner Erkenntnis … der erste Schritt aus meinem Lebenssumpf. Während du dein Leben gemeistert hast, mit Leichtigkeit jedem Schmerz ausgewichen bist, habe ich mein Sein an die Wand gefahren. Du musst auch nichts machen. Nur sag mir, was ich tun soll. Sag es mir heute und sag es mir morgen. Ich lege mein Leben in deine Hand.« Franz ging auf meine Seite des Tischs, kniete nieder und küsste meinen Oberschenkel.

»Ich habe keine Ahnung, was ich dir sagen soll.«

Franz ließ sich nach hinten auf den Teppich fallen und streckte die Arme aus. Er wälzte sich wimmernd hin und her und schluchzte: »Was soll ich tun, Bruno? Sag mir doch, was ich tun soll!«

Es war eine gefährliche Situation für mich. Nur zu gerne hätte ich das Angebot angenommen. Schon hatte sich meine sadistische Ader geregt und die Möglichkeiten von allen Seiten geprüft. Franz spielte es mir nicht vor, er war tatsächlich hochverzweifelt. Er war in einer schwer gebeutelten Stimmung, er war zusammengebrochen, sicherlich würde diese Finsternis eine gute Woche anhalten. Eine Woche, in der ich ihm – wie von ihm angeboten –

alles befehlen konnte, was mir in den Kopf schoss. Mit größtem Vergnügen hätte ich das auch gemacht.

Als Erstes hätte ich ihn vielleicht vier Stunden barfuß auf Körnern und Dornen stehen lassen, dann auf allen vieren durch das Café Landtmann robben, mit einem Sattel auf seinem Rücken und in dem Sattel: ich, und in meiner Hand hätte ich ein Foto von einer schönen schwarzen Stute hochgehalten und wütend hätte ich gebrüllt: »Warum bist du nicht so schön wie dieses Pferd! Warum bist du nicht so gut wie dieses Pferd!« Ich hätte ihn gezwungen, mit nacktem Oberkörper all seine Ex-Freundinnen aufzusuchen und sich von ihnen ein Tattoo ihrer Wahl stechen zu lassen. Ich hätte ihm befohlen, sich einen Tag lang im Park nur in einem bestimmten Busch aufzuhalten. Einen Kartoffelsack, gefüllt mit Wolle, als Kommandanten anzusprechen und überallhin mitzunehmen. Wie Giftpilze schossen diese borstigen Ideen aus mir, es bedurfte keinerlei Anstrengungen, es schien mir, als könnte ich in die Luft greifen und hätte genügend Ideen, um ihm sein Leben bis zum Ende zu vergällen und dann hätte ich noch immer genügend Material, um mich drei, vier anderen Fränzen zu widmen. Aber das durfte ich alles nicht. Denn es würde Franz zerstören, und ich wusste, dass ich meinen Hang zur Gemeinheit nie wieder in den Griff bekomme würde. Es würde eskalieren.

Franz brauchte Selbstbewusstsein, Geld, eine Frau, die freiwillig mit ihm Zärtlichkeiten austauschte. Ich überlegte lange, was ich ihm antworten konnte, aber auch das war schon ein Fehler, denn Franz empfand mein Schweigen als gerechte Folter. Gehetzt und glücklich blickte er mich an. Ohne Absicht war ich bereits in die Rolle des dominanten Herren getreten und Franz erfreute sich an meiner Grausamkeit. Ich musste diese Charade beenden, bevor sie sich zu etwas Krankhaftem auswuchs. Schließlich nickte ich und sagte: »Es ist wahrscheinlich am besten, du kaufst dir einen Hund, Franz.«

Für einen kurzen Augenblick war er verblüfft. Er schürzte seinen Mund, wusste aber nicht, was er sagen sollte. Dann füllte sich sein Gesicht mit Ärger, mit Zorn, mit einer solchen Wut! Er schlug auf den Boden. Baxter schreckte hoch. Wie ein Giftzwerg sprang Franz in den Stand und zeigte mit dem Finger auf mich. »Einen Hund? Was soll denn das bringen? Glaubst du, es mangelt mir nur an unkomplizierter Liebe? Was wird denn schon groß besser mit einem Hund? Ein Magen mehr, den ich füllen muss, sonst nichts. So ein dummer Ratschlag, den du mir erteilst! Dumm, dumm, dumm! Ich hatte mir erwartet, dass du mich ansiehst und Stärken an mir entdeckst, von denen ich nichts gewusst habe. Und um diese Stärken herum die schönsten Geschäftsmöglichkeiten ersinnst. Aber ein Hund? Da merke ich doch, wie du mich verachtest!« Franz packte seine Weste.

»Ja, was hast du dir denn vorgestellt?« Ich versuchte es mit sanfter Stimme, um ihn zu beruhigen.

»Wenn du etwa gesagt hättest, Franz, geh hin und mach den Führerschein. Da hätte ich mir gedacht, was für eine teuflisch gute Idee, da wäre ich nie selbst draufgekommen. Ein Führerschein, der gäbe mir Gelegenheit, ein kleines Erfolgserlebnis zu bekommen und mich gleichzeitig Gesetzen und logischen Schlussfolgerungen zu unterziehen, die auch die einfachen Menschen im selben Maß berücksichtigen müssen. Ich wäre den Menschen nähergekommen und hätte wieder Vertrauen in mich gewonnen. Aber du kommst daher und ärgerst mich mit einem Scheißhund! Scheißhund! Scheißhund! Scheißhund! Ich könnte bluten vor Wut!«

»Ja, dann befehle ich dir halt, dass du den Führerschein machst. Mach den Führerschein!«

Franz hielt inne. Er rieb sich die Seite seiner Weste mit der flachen Hand. »Findest du?«

Ein trüber, verregneter Tag, ich nahm Baxter an die Leine und ging mit ihm in den Botanischen Garten. Nur wenige andere Besucher waren da. Sie suchten Schutz unter Bäumen, rauchten und blickten aus unterlaufenen Augen skeptisch gen Himmel, um abzuschätzen, ob es sich auszahlte, zu warten, oder ob man die Zähne zusammenbeißen müsse und nachhause rennen. Baxter bereitete mir Unglück anstatt durch den strömenden Regen zu hetzen und zu bellen, wie es früher seine Art war, verzog er sich murrend unter einer Parkbank. Kein Bitten, keine lieben Worte, keine falschen Versprechungen, kein Wispern und kein Fluchen konnten ihn darunter hervorlocken; ich machte mich zum Narren, durchnässt, erfolglos, unbeherrscht, während mich eine Asiatin im Nerzmantel mit starrer, schonungslos abschätziger Miene beobachtete. Schließlich musste ich auf meinen Knien in den nassen kalten Schlamm und Baxter hervorziehen. Er bellte beleidigt. Ich hob ihn hoch und trug ihn in meinen Armen nachhause, wo ich mich aus meinen verschmierten Kleidern schälte und ihm eine heiße Badewanne einließ.

Bis zum Abend hatte der Regen aufgehört, und ich machte mich auf den Weg ins Freudenhaus. Ich betrat die Bar durch den schweren feuchten Vorhang hindurch und war gleich verwundert, dass keines der Mädchen anwesend war. Nur der eine oder andere Dicke mit schwitzendem Gesicht und aufgekrempeltem Sakko vor einer Flasche Rotwein. Unbeeindruckt donnerte ein Lied von Nicki Minaj aus den Boxen.

»Wo sind denn alle?«, dachte ich. Jessy von der Bar deutete mit dem Finger nach oben. In der Suite sei schon alles bereit. Ich öffnete die Tür, freute mich, bald wieder zuhause in meinem bequemen Sessel zu sitzen, eine Pfeife mit gutem Tabak schmeckend.

Vor dem Bett war ein Sesselkreis aufgebaut. Bianca, Candy, Orla, Dagoberta, Isabelle und Lady Schwarz saßen nebeneinander und hatten eine ernste Miene aufgesetzt. Verdammt! Es handelte sich um eine handfeste Intervention. Sie hatten sogar ein Plüschtier mitgebracht, um anzuzeigen, wer gerade sprechen durfte.

»Bruno«, begann Candy. »Ich mache diese Arbeit sehr gerne. Ich habe sehr viel Positives erlebt in diesem Beruf. Ich mache das nicht nur wegen Geld. Ich sehe es als große Verantwortung, mich um die Kunden zu kümmern und sie zufriedenzustellen. Aber auch ich habe Bedürfnisse, und je mehr auf diese Rücksicht genommen wird, desto mehr kann ich dem Kunden zurückgeben. Ich fühle mich in meiner Tätigkeit und als Mensch von dir nicht geschätzt. Du gibst dir im Moment wenig Mühe. Der Sex mit dir ist lustlos, oft sehr unbequem. Ich brauche aber ein gewisses handwerkliches Können, einen Mindest-Standard, auf den ich mich verlassen kann. Wenn ich mit dir geschlafen habe, ist die wunderschöne Verbindung, die ich zu meinem Körper habe, gekappt, und ich brauche mehrere Tage, um wieder in Schwung zu kommen. Das belastet mich seelisch und es wirkt sich auf mein Geschäft aus.«

Jetzt fielen ihr – Plüschtier hin oder her – die anderen ins Wort und beschwerten sich über meine unzureichenden Fähigkeiten im Bett. Dagoberta wunderte sich, wie ich es überhaupt schaffte, selbst zu kommen, so ignorant wie ich meinem sexuellen Unvermögen gegenüber war. Es wurde geweint, die Mädchen umarmten sich. Schließlich überreichten sie mir ein Lebenshilfebuch, mit vielen Tipps und Anregungen für den gelungenen Sex im reifen Alter.

Später blätterte Dagoberta mit mir im Buch. Sie deutete mit ihrem langen zarten Zeigefinger auf Abbildungen, deren Umsetzung im Bett sie als besonders angenehm bezeichnete, und kraulte meinen Hinterkopf.

Wie alle anderen erfuhr ich aus den Medien von Franz' Tod.

Nachdem ich ihm einen Scheck für seine Schulden beim russischen Think Tank ausgestellt hatte, strich er zum Abschied noch meinen Kragen glatt, bedankte sich mit kaum vernehmbarer Stimme und verließ meine Wohnung. Am Gang drehte er sich um und sagte noch: »Das war ein verdammt guter Einfall mit dem Führerschein. Du wirst sehen: Du kannst dich auf mich verlassen.«

Danach hatte ich nichts mehr von ihm gehört.

Franz hatte immer schon unterschiedliche Phasen gehabt. Phasen, in denen er mich innig brauchte, in denen er mehrmals täglich bei mir anrief oder sogar unangekündigt auftauchte, dann Zeiten des Zweifels, in denen er mich verabscheute, weil er von mir abhängig war, oder – weniger tiefenpsychologisch – weil ich mich tatsächlich verabscheuenswert verhalten hatte. Nach einer solchen Scham, wenn er gezwungen war, mich um Hilfe zu bitten, war es nicht ungewöhnlich, dass er sich für kurze Zeit zurückzog. Auch wenn er es kinderleicht erscheinen ließ, es musste ihn eine unglaubliche Kraft gekostet haben, sich zu überwinden und mich zum x-ten Mal um Hilfe zu bitten. Ich gönnte ihm diese Pausen und meldete mich nicht bei ihm, unter anderem auch deshalb, weil ich auch mir die Pause gönnte. Franz war ein anstrengender Mensch gewesen. Es hatte sich natürlich immer ausgezahlt, diese Anstrengungen auf sich zu nehmen, dann wurde man mit ungewöhnlichen Perspektiven belohnt, mit unverfrorenen Gedanken und einer kunstvollen und tröstlichen Art von Schadenfreude, wie man sie selten so perfekt erlebt.

Vielleicht war Franz tatsächlich an dem Punkt angelangt, den er beim letzten Besuch in all seiner Dramatik beschworen hatte. Dass er sich Zeit genommen hatte, seine Lebenspläne vom Tisch zu wischen und in Ruhe ganz von Neuem beginnen wollte. Sein Leben neu zu planen, ohne Kompromisse mit seinen alten Begierden zu schließen.

Ein Foto tauchte im Internet auf. Von Franzens Gesicht war nur ein kohlrabenschwarzer Skelettkopf übrig geblieben. Überraschenderweise sah ihm dieser Kopf in seiner reduzierten Form sehr ähnlich. Dort, wo der seitliche Haarkranz gewesen war, ringelten sich Aschefäden, vielleicht Reste des Sitzbezugs, der bei der hohen Temperatur verbrannt war. Auch die Brille konnte man noch erahnen, zwei verbogen geschmolzene Kolben. Hätte man mich gefragt, an welchen deiner Freunde erinnert dieses Skelett, ich hätte wie aus der Pistole geschossen gesagt: »Alles klar, das ist doch Franz!«

Auf meinem Anrufbeantworter häuften sich die Wünsche von Feuilleton-Redakteuren und Redakteurinnen nach einem kurzen Nachruf oder wenigstens ein paar Worten. Ich sagte alles ab. Ich sage doch schon alles, was es zu sagen gibt, hier in meiner Kolumne zwischen tropfenden Schwänzen und dysfunktionalen Brustwarzen.

Die Nachrufe mussten dann eben in den Redaktionen selbst geschrieben werden. Das Herz konnte einem aufgehen, mit welcher Nachsichtigkeit das Feuilleton sich Franz' erbarmte. Als wären die letzten 20 Jahre nie geschehen, all das perfide Gemosere, die Verfallslust, die gehässigen Seitenhiebe nie passiert, wurde Franz in den höchsten Tönen gelobt und sein von zahlreichen Fehlwürfen gezeichnetes Werk auf ein paar außergewöhnliche Veröffentlichungen reduziert. Franz wäre stolz auf sich gewesen.

Für zwei Tage war das Mysterium um Franz' Tod auch ein

Trending Topic in den sozialen Medien, bis ein Mitglied einer Streetracer-Gang ein Geständnis ablegte. Dann war das Rätsel seines Todes gelöst, und wie bei einer Mystery-Serie, bei der die Auflösung schon in der vierten Folge gebracht wird, war die Luft raus und das nächste Thema übernahm die Meinungsführerschaft.

Karetta Toblin, Franz' einstige Verlegerin, meldete sich bei mir und fragte an, ob ich ein kleines Kompendium kuratieren möchte. Ein schickes kleines gebundenes Bändchen mit seinen besten Texten. Es müsste nur einigermaßen schnell gehen, bevor der Medieneffekt verpufft war und das Buch wie alle seine vorigen Bücher in den Buchhandlungen liegen blieb wie ein schäbiger Putzlumpen.

»Warum nicht?«, sagte ich. »Warum denn eigentlich nicht?«

Seit einigen Wochen hatte mir das Schreiben an meinem Karl-Marx-Roman keine rechte Freude mehr bereitet. Ich war mitten in einer Szene, in der der zombiefizierte Karl Marx eine Party des Direktoriumsvorsitzenden der Bank of England stürmte und dort gleichermaßen Schädel aufknackte, seinen bleichen toten Penis in offenen Gedärmen wärmte und Blondinen in Hosenanzügen zuzwinkerte … dies zu beschreiben, sollte mir eigentlich Spaß machen, aber irgendwie quälte es mich. Ich kam nicht weiter. Eine kurze Pause konnte mir und dem Roman nur guttun.

Ich fragte mich, ob es mir möglich wäre, Franz posthum zu dem Erfolg zu verhelfen, dem er immer nachgehechelt war.

Die goldenen Brüste der Audrey Lynçorski (Polen, 1981)

Das Begräbnis war deprimierender, als ich gedacht hatte. Nur wenige Freunde waren gekommen.

Karetta Toblin und ihre Praktikantin, Franzobel kam mit Friederike Mayröcker, Lorenz, der Sohn der Osteopathin meiner Exfrau, mit seiner gehässigen Freundin Happy sowie – aus welchem Grund auch immer – Dieter Mateschitz' Bruder Bodo Mateschitz.

Und Hilda.

Beim Begräbnis selbst gab es einige organisatorische Probleme, die sich bei genauerer Ansicht als Probleme finanziellen Ursprungs entpuppten. Franz hatte sich vor geraumer Zeit für eine Naturbestattung entschieden. Er wollte auf dem Bisamberg unter einem Baum begraben werden. Einer Eiche, die angeblich von seinen beiden Eltern vor vielen Jahren unisono als verabscheuungswürdig bezeichnet worden war. Franz hatte aber keine der Raten zur Gänze bezahlt, wie viel er tatsächlich bezahlt hatte, war aufgrund eines schwer durchsichtigen Systems von Überweisungen, Rückbuchungen, verzweifelten Anrufen mit der Bitte um Neubilanzierung et cetera nicht eindeutig zu beantworten.

Franz' offener Sarg (Fragen Sie nicht!) wurde in einer weißen Limousine von einem Parkplatz am Fuße der Elisabethhöhe aus feierlich zum Lebensbaum bzw. zum Lebensendebaum gebracht. Wir Trauernden folgten dem Wagen in Schritttempo. Eine Prozession der Gebückten. Wer sich allerdings nicht an das Schritttempo hielt, war der Chauffeur des Naturbestattungswagens, der mit munterem Tempo davonschnurrte. Baxter riss sich von der

Leine los und rannte bellend der Limousine hinterher, doch das half alles nichts. Bald ruckelte sie um diese Kurve, bald um jene Kurve, sie wurde klein, kleiner, ein feiner Punkt, von Straßenstaub umwirbelt, und schon war sie verschwunden. Baxter trottete verblüfft wieder in unsere Richtung und schnappte nach Luft. Wir ließen uns nicht entmutigen und folgten der Spur des Wagens. Das konnte doch nicht so schwer sein, sagten wir uns und standen wenige Minuten später auf einer ausgetrockneten Wiese, fuchtelten schimpfend mit Landkarten herum und versuchten die Lage telefonisch zu klären. Happy nutzte die Gelegenheit, um mir mit »Du fotzentiefes Arschloch!« wieder an allem die Schuld zu geben. Baxter schlug sich auf ihre Seite und bellte mich begeistert an.

Beim Leichenschmaus im Dianahof setzte ich mich zu Hilda. »Die Panier des Schnitzels geht ins Grünliche«, sagte sie grußlos. »Siehst du das auch?« Ich bestätigte ihr, dass dieses Grün nicht im durchaus üblichen Farbspektrum einer Schnitzelpanier lag.

Hilda legte ihr Besteck zur Seite. Sie sah immer noch gut aus – älter, aber gut. Der zynisch amüsierte Gesichtsausdruck war schärfer geworden, die Haare komplett ergraut, ihre Finger waren wie elegante bleiche Spinnen. Doch all das tat ihrer verqueren Schönheit keinen Abbruch. Wer sie damals in ihren 20er Jahren auf verstörende Weise gut aussehend gefunden hatte, der fand sie jetzt auch noch schön, also mir gefiel sie zumindest rasend gut.

Ich fragte sie, warum sie damals eigentlich weggezogen war. Sie antwortete: »Ich habe mich vor fünf Jahren bei einem Online-Kurs eingeschrieben. Es ging darum, den Orgasmus über Stimulation am Gebärmutterhals zu erreichen. Es soll ein wunderbares Gefühl sein. Dabei wird Dimethyltryptamin freigesetzt, eine körpereigene Droge, die beim Sterben ausgeschüttet wird. Die meisten Frauen spüren am Gebärmutterhals erst mal nichts. Aber wenn man das konsequent übt, die richtige Atemtechnik studiert, kann man einen sensationellen Orgasmus verspüren, der die herkömmlichen Orgasmen weit hinter sich lässt. Es ist mir nie gelungen. Einmal habe ich sogar mit einer indischen Atemspezialistin geskypt, aber ich habe es einfach nie hinbekommen. Die Kursleiterin wurde sehr unangenehm. Sie hat mir schwere Vorwürfe gemacht. Es mangele mir an einer positiven Einstellung. Das ist also meine Antwort auf deine Frage. Es mangelt mir an einer positiven Einstellung.«

Zwei Tage nach dem Begräbnis rief mich Karetta an. »Wir sollten jetzt so wenig Zeit verlieren wie möglich. Gut wären etwa 80 % Texte aus seiner besten Schaffenszeit, dann ein, zwei Texte aus den letzten Jahren, ich hoffe, da findet sich irgendetwas Brauchbares und noch zwei komplett neue Texte aus dem Nachlass. Zum Abschluss ein Neuabdruck eines alten Interviews, eines, das ihn auf der Höhe seines Schaffens zeigt. Und ein Vorwort, und fertig ist das Bändchen. Das sollte doch zu schaffen sein. Verzeih mir, dass ich da so Druck mache, aber all die Jahre, die ich Vorschüsse ausgehändigt habe, auf Bücher, die dann nie geschrieben wurden … wenn ich da nur ein bisschen zurückbekäme, wäre ich schon glücklich. Bin ich deshalb ein Parasit?«

Ich gab ihr in allem recht. Der Buchhandel war verrückt und unberechenbar. Je länger ich mir Zeit ließ, umso weniger oft würde der Band besprochen werden und desto schlechter würde er verkaufen. Wir mussten den wohlmeinenden Schwung nutzen.

Ich rief bei Hilda an. Zurzeit lebte sie in Franz' Gartenhaus im Prater, das er sich mit seinem schönsten Vorschuss vor vielen Jahren gekauft hatte, als er versuchte, Ordnung in eine Struktur zu bringen, die sich zeit ihres Lebens gegen Ordnung auflehnte. Aus Protest, wohl aber auch aus Erschöpfung; einer tief liegenden Unfähigkeit, Abläufe einzuhalten.

Als ich sie endlich erreichte, hatte sie sich gerade erschöpft auf dem Sofa ausgestreckt. »Ich weiß gar nicht, wo ich hier beginnen soll. Vielleicht sollte ich einfach alles verbrennen.«

»Warum wartest du nicht noch ein bisschen mit dem Abfackeln? Ich komme rüber, sehe mir das Ganze an und wenn ich alles Erhaltenswerte aussortiert habe, können wir den kläglichen Rest immer noch verbrennen.«

Es gab Überraschungen: Franz' Haus sah im Großen und Ganzen so aus, wie ich es mir vorgestellt hatte. Kein Wunder, dass er mich in den letzten zwei Jahren nicht mehr zu sich eingeladen hatte. Zeitungen, Essensreste, leer getrunkene Flaschen an erwartbaren, aber auch an originellen Plätzen, Kartons mit gesammelten Zeitungsausschnitten und Unmengen von Geschriebenem. Ein Computer, der nicht mehr hochfahren wollte, ein Laptop, bei dem der Buchstabe »e« fehlte, Notizbücher, bei denen jede sorgfältig geschriebene Zeile ebenso sorgfältig wieder durchgestrichen worden war. Dann wieder gab es Notizbücher, in denen die durchgestrichenen Sätze in kleinerer Schrift, aber unverändertem Wortlaut noch mal standen. Die Schrift war klar und lesbar, wenigstens das musste man Franz zugutehalten.

Nach einem ersten Überfliegen wurde mir bald klar, dass das Unveröffentlichte das Veröffentlichte in einem gewaltigen Ausmaß überstieg. Man würde eine Schreibkraft engagieren müssen, die die handschriftlichen Notizen abtippte und digitalisierte. Nur, wer würde das bezahlen? Und wie viel von Franz' Schriften war unveröffentlichbares Wutgeschreibe gegen Sir Peter Ustinov? Hatte dieser arme, tote Mann nicht schon genug über sich ergehen lassen müssen? Selbst nachdem Franz von seinem Posten als ideologischer Meinungsposter enthoben war, gingen die Wogen im Internet hoch. Mehrere Petitionen um Aberkennung des Adelstitels in unterschiedlichem Wortlaut kursierten, und eine Klage gegen die Queen of England wurde von irgendeinem Spaßvogel, der eine Gesundheitsplattform an Microsoft verkauft hatte, vorfinanziert.

Andererseits gab es auch ein paar überraschend kluge Einsichten in Franz' Unterlagen zu finden, wie zum Beispiel eine präzise Analyse des Balkankriegs, die unter anderem deshalb zu verblüffend korrekten Vorausahnungen bezüglich des Ausgangs kommen konnte, weil sie zehn Jahre nach dessen Beendigung geschrieben worden war.

Nach dem ersten Nachmittag, an dem ich eine vorläufige Sichtung der Dinge vornehmen konnte, war mir klar, dass das kein Job war, den man in ein, zwei Monaten erledigen konnte. Um die Unterlagen zu sichten und zu gewichten, brauchte es einen Hang zu detektivischer Akribie und zu krimineller Energie. Das Problem an der Sache war nur: Ich hatte plötzlich keine Lust mehr darauf; schon beim Überfliegen der Notizen hatte mich Wut überkommen. Ich war es ihm nicht schuldig. Ich konnte nicht, ich wollte nicht.

Mir wurde schwindlig vor Geifer und Wehmut. Ich stützte mich am Tisch ab, als sich der Schlüssel in der Haustür drehte. Hilda war vom Zigarettenkaufen zurückgekommen und hatte das Bedürfnis, einen Großteil ihres Einkaufs auf der Stelle zu konsumieren.

»Lass uns an der frischen Luft rauchen, Bruno!«

Ich wanderte mit ihr auf der Prater Hauptallee, wo sie sich alle Mühe gab, die grünen Blätter der Bäume welk zu rauchen.

»Meinen Segen hast du«, grummelte sie mit rauer Stimme. »Selbst zu seinen besten Zeiten war Franz doch nur eine idiotische Stimme unter vielen. Ich habe diese Faszination des Scheiterns nie verstanden. Warum glaubt ihr, es sei interessanter, wenn etwas nicht gelingt, als wenn es klappt? Kann mir das jemand erklären? Glaubt ihr etwa, man kann von Erfolg weniger lernen? Aber das ist doch träge gedacht. Das Gescheiterte ist eben einfacher zu benennen. Das ist alles!«

Ich wollte ihr schon recht geben, also irgendwie recht geben, ganz recht hatte sie wohl nicht. Aber das wollte sie nun auch nicht hören. Schon als ich nur ansetzte, die Nackenmuskel anzuspannen, um zu nicken, unterbrach sie mich.

»Du brauchst mir gar nicht schönzutun. Du bist doch selbst das beste Beispiel. Was ist denn das für eine neunmalkluge Kolumne, die du da schreibst? Warum der enttäuschendste Sex? Welche Größe braucht es denn, missratene Erotikfilme zu erkennen? Was für einen Mehrwert habe ich als Leser davon? Als ob es nicht genug enttäuschende Sexfilme gibt! Die Wahrscheinlichkeit, einen enttäuschenden Sexfilm zu erwischen, ist doch viel höher, als einen gelungenen Sexfilm. Warum schreibst du nicht über Filme, die dich begeistern? Wo dir das Sperma aus dem Fleisch spritzt vor Lebensfreude, du dich noch minutenlang an die Lehne deines Sessels klammerst vor Erschöpfung und noch die Wärme genießen möchtest, die von deiner Körpermitte ausgeht? Das wäre doch etwas. Jemand verfolgt einen Hinweis von dir und bekommt dafür als Belohnung einen Orgasmus. Das ist doch nicht nichts!« Zwischen den Bäumen blieb sie nun stehen, um ihre Zigarette auszuwechseln. »Ich habe zum Beispiel erst letzte Woche einen unglaublich erotischen Film gesehen! Ein Mann geht zum Hautarzt, er hat brüchige Haut, und der Arzt, ein gepflegter weißhaariger Mann, sieht sich die Hände an und meint, ja, das sei eine seltene Hauterkrankung, eine allergische Reaktion auf Wasser, nein, vielmehr sogar: eine Reaktion auf Flüssiges an sich. So leid es ihm tue, er könne ihm da nichts anderes anraten als die komplette Vermeidung von Berührungen der Haut mit Flüssigkeiten in jeglicher Form bis ans Ende seines Lebens. Die Medizin sei hier einfach noch nicht so weit. Seine Haut würde sich sonst Schritt für Schritt selbst zerstören, bis zur Auflösung. Der Mann schluckt. Wenige Wochen später wird ihm das wahre Ausmaß dieser Diagnose bewusst. Kein Baden, kein Duschen, keine Pflege-Lotionen, keine Sonnencreme, nichts.

Dass er noch Flüssiges trinken darf, grenzt an ein Wunder, aber da berührt ja auch kein Tropfen seine Haut. Im Regen muss er sofort Unterschlupf suchen und abwarten, bis das Unwetter vorbeigeht. Auch bei bester Kleidung gelangen immer wieder einige Tropfen an seine Haut. Auch die Pfützen bedrohen ihn. Er wird zum Einsiedler. Zurückgezogen in seiner Wohnung wäscht er sich mit erwärmtem Sand. Er zwingt sich zur emotionalen Kälte, um nie wieder weinen zu müssen. Die Einsamkeit zerstört ihn. Als er zwölf Jahre später den Arzt zufällig wieder trifft, kann sich dieser gut erinnern, er schmunzelt und sagt, dass es sich dabei doch nur um ein stinknormales Ekzem gehandelt habe. Irgendeine billige Salbe aus der Apotheke und das Problem wäre in acht Tagen vorbei gewesen. Alles sei nur ein Scherz gewesen. Ein köstlicher Scherz. Der Arzt kann gar nicht mehr aufhören zu lachen.« Hilda warf einem vorbeitrabenden Pferd ihren Zigarettenstummel ins Gesicht und griff sogleich in ihre Packung, um sich eine weitere Zigarette herauszufischen.

»Dieser Film«, sagte sie und zündete sich die nächste Zigarette an, »hat mich so erregt, dass ich gar nicht mehr meine Hand von meiner Möse wegbewegen konnte. Ich bin gekommen und gekommen und gekommen. Nach dem zwanzigsten Orgasmus habe ich aufgehört, zu zählen. Ich habe geschrien vor Lust.«

»Was soll man da groß sagen – das freut mich natürlich.«

»Oder kennst du *Die Brotschneidemaschine* aus Kuba? Eines Tages bekommt die Lokomotiven-Fabrik eine nagelneue hochtechnologische Brotschneidemaschine. Die Zeiten, als die Arbeiter ihr Gebäck mit dem Messer schneiden mussten, sind vorbei. Mitten in der Fabrik thront jetzt die neue Brotschneidemaschine und glänzt mit ihrem kalten Stahl. Der Fabriksleiter kann an nichts anderes mehr denken. Er vernachlässigt seine Kontrollarbeiten, um die Maschine zu umrunden. Was für ein Werk der Perfektion! Aber auch dunkel und grausam. Würde man seine

Hand an das Schneideblatt halten, würde sie in feinen Streifen auf das Auffangtablett fallen. Wie lange es wohl dauern würde, bis die Freude an dem präzisen Schnitt vom Schmerz abgelöst würde? Der Fabriksleiter ist von der Brotschneidemaschine besessen. Sie verfolgt ihn Tag und Nacht. Nächtens steht er vor dem offenen Fenster und träumt davon, seine Hand in feine Scheiben zu schneiden. Das müsste doch ein unglaubliches Erlebnis sein, von diesem perfekten Maschinenwerk für immer gezeichnet zu werden! Er vernachlässigt seine eigentliche Arbeit. Mit der Fabrik geht es den Bach hinunter. Zwischen den Fraktionen seiner Arbeiter kommt es zu Gewaltausbrüchen. Beinahe jeden Tag kommt ein Krankenwagen und nimmt einen weiteren Verletzten mit. Tische werden umgestoßen, Spinde werden angezündet, aber der Fabriksleiter denkt nur an die Brotschneidemaschine. Zuletzt ist er allein in der Fabrik. Es ist Nacht. Längst wurde die Fabrik geschlossen, er selbst seines Postens enthoben. Aber in all der Verwüstung, der umgeworfenen Tische, der Papierfetzen, steht die Brotschneidemaschine, glänzend wie am ersten Tag. Hast du den Film gesehen? Ich habe mir die Klitoris blutig gerubbelt. Den ganzen Film lang war ich in einem ständig anschwellenden Orgasmus gefangen. Als der Fabriksleiter die Maschine ansteckte, bin ich ohnmächtig geworden vor Lust. Als ich in der Nacht erwachte, zitterte ich immer noch am ganzen Leib und japste.«

Ich zückte mein Notizbuch und notierte mir den Namen des Films.

»Letztes Jahr war ich im Freiluftkino. Ein Film aus Moldawien wurde gezeigt. Ein fröhlicher Buchhalter, Junggeselle, bekommt nach der Arbeit Besuch von einem dicken Kommissar. Der Kommissar will, dass der Buchhalter endlich die Vergewaltigung zur Anzeige bringt. Seine Furcht und Scham würden es zulassen, dass der grausame Vergewaltiger weiter seine Runde dreht, Männer in engen Seitengasse gegen die Wand drückt und bumst. Der Buchhalter ist verblüfft. Er wurde doch gar nicht vergewaltigt! Sein letztes sexuelles Erlebnis ist Monate her. Eine Büroparty, bei der er die blasse Empfangsdame mit dem schrecklichen Gebiss vögelte. Er spritzte auf ihr Kleid, und sie schimpfte ihm daraufhin die Ohren voll. Ihr Schimpfen nahm kein Ende. Aber der Kommissar lässt nicht locker. Bald schon sucht er den Buchhalter täglich auf. Er müsse jetzt endlich sein falsch verstandenes Männlichkeitsgefühl aufgeben und die Anzeige einbringen. Er lässt nicht locker. Er bringt einen Phantomzeichner mit, der bereits ein perfekt skizziertes Bild des verletzten und blutenden Anus vorbereitet hat. ›Das haben wir bei Ihrem Krankenhausaufenthalt anfertigen lassen‹, sagt der Kommissar. Der Buchhalter müsse es nur noch unterschreiben. ›Welcher Krankenhausaufenthalt?‹ Der Buchhalter ist verzweifelt. Der Kommissar informiert den Vorgesetzten. Auch er, mit ruhiger Stimme, aber mit der Autorität des Ranghöheren, übt sanften Druck aus, die Vergewaltigung anzuzeigen. Was sei denn das für ein Beispiel? Die Firma stehe doch für gewisse Werte und da seien Kleinmut, Feigheit und Männlichkeitsängste nicht darunter. Ob es wohl an einer versteckten homophoben Neigung liegen könne, dass er sich nicht auszusagen traue, und dadurch Hunderte von Männern gefährde, in den Arsch gespritzt zu bekommen? Wäre es denn ein solch furchtbares Gefühl gewesen, will der Vorgesetzte wissen, wie das mit analen Säften und Blut vermischte Sperma am Nachhauseweg in die Unterhose tropfte? Gegen die homophoben Neigungen müsse der Buchhalter natürlich in einen Kurs. Sozialarbeiter würden ihm helfen, wieder zu einem ausgeglichenen Urteil über die sexuellen Wünsche seiner Mitmenschen zu finden. Der Kommissar lehnt sich dann abends mal beim Küchenfenster herein und fragt den Buchhalter aus, woher er denn wissen könne, wie heiß sich ein Penis auf der Zunge, auf den Lippen anfühlt, wie weich die Eichel, wenn die Vergewaltigung tatsächlich nicht passiert sei? Ich kann dir leider nicht mehr sagen, wie der Film ausgeht, Bruno. An dieser Stelle musste ich den Regenschirm aufspannen, um mir darunter heimlich an meine nasse geile Möse zu greifen. Mit beiden Händen schaufelte ich den Mösensaft aus mir heraus. Ich drückte mich in den Sitz, und der Nachthimmel blinkte über mir. Meine Augenlider zuckten und ich musste mir mit meiner Hand den Mund zuhalten, um nicht laut loszuschreien. Als ich wieder zu mir kam, wurde der Buchhalter wegen Falschaussage verurteilt und landete im Gefängnis.« Hilda atmete tief, ihre Wangen waren rot.

»Das waren erotische Filme, Bruno, die mich aufgewühlt haben. Die mir nicht mehr aus dem Kopf gehen, seitdem ich sie gesehen habe. Ich könnte mir jetzt durch den Rock an meinen Knopf greifen und auf der Stelle kommen, nur weil ich dir davon erzählt habe. Das macht das Leben doch lebenswert und nicht deine Enttäuschungen. Einen Orgasmus zu bekommen ist doch besser als eine Pointe für einen müden Party-Abend.«

Ich sagte nichts und sah ihr beim Rauchen zu.

»Was hatte Franz da eigentlich mit den Kindern auf der Höhenstraße zu suchen?«, fragte sie plötzlich.

Ich hatte auf diese Frage keine gute Antwort. »Ich glaube«, probierte ich etwas auf den Punkt zu bringen, über das ich mir bisher nur vage Gedanken gedacht hatte, »er war sich zu weich geworden und wollte das ändern.«

»Zu weich, zu weich, was ist denn das für ein Blödsinn? Als ob Weichheit an sich etwas Schlechtes wäre. Was seid ihr bloß für Holzköpfe, du und Franz? Und Franz ist der größte Holzkopf von allen, nämlich ein ausgebrannter und verbrannter Holzkopf, ein vertrottelter Totenholzkopf.«

Dann warf sie mir eine brennende Zigarette vor die Füße.

»Die anderen Jugendlichen aus der Streetracer-Gang sagten, er sei ein Naturtalent gewesen. Vielleicht ist das ein Trost.«

»Warum haben die nicht mich vorher angerufen? Ich hätte denen mit zwei, drei Anekdoten jegliches Franz-Vertrauen aus dem Hirn verbannt. Woher kannten die sich überhaupt?«

»Sie haben sich in der Fahrschule kennengelernt.«

»Hatte keiner von denen einen Führerschein? Keiner? Was war das dann für eine aberwitzige Idee?«

»Na ja, manche gingen dorthin, um den Führerschein zu machen, so wie Franz, und manche mussten in Nachschulungen gehen, weil sie schwere Vergehen im Straßenverkehr begangen hatten. Der Organisator der Rennen war der stellvertretende Leiter der Fahrschule! Er muss in Franz etwas gesehen haben, das ihn beeindruckte, einen Druck, eine Leidenschaft, ein brennendes Verlangen, auf das Gas zu steigen und nicht mehr davon runterzugehen. Also nahm er Franz zu den illegalen Rennen mit, obwohl er erst wenige Stunden gefahren war. Später stellte sich heraus, dass Franz gar nicht wusste, wie man bremst. Vermutlich war es ihm unangenehm, später nachzufragen, als ihn schon alle als neues Genie feierten.«

»Das wusste ich nicht«, sagte Hilda.

»Sie haben den stellvertretenden Leiter erst gestern überführt. Sie nannten Franz den Raketenmann. Keiner fuhr so schnell wie er. Es ist ja auch gut gegangen, eine ganze Woche lang gewann er jeden Abend Rennen für Rennen. Und die, die auf ihn setzten, verdienten wirklich viel Geld. Franz war zu einem Wirtschaftsfaktor geworden. Alle liebten ihn, alle bewunderten ihn nachts nach den Rennen, unter den Bäumen, wenn er seine alten Geschichten erzählte.«

»Und dann fuhr er gegen den Baum und war auf der Stelle tot.«

Ich hatte anderes gehört, aber ich schwieg.

»Ich mag jetzt nicht mehr rauchen«, sagte sie. Sie nahm meine Hand und hakte sich bei mir ein. »Gehen wir wieder zurück!«

Wir zogen über die Prater Hauptallee und bogen dann in die

Kleingartensiedlung ein. Hilda sprach kein Wort. Sie hatte eine entschlossene Miene aufgesetzt. Als wir vor der Haustür ankamen, drückte sie kräftig meinen Hintern, bevor sie den Schlüssel ins Schloss steckte. Mit Schwung öffnete sie die Tür und trat in den Hauseingang, wo sie sich, ohne zu zögern, die Bluse auszog.

Gerade als ich eintreten wollte, lenkte mich ein Geräusch im Garten ab. Aus dem hohen ungepflegten Gras rollte ein Ball auf den Weg. Hinter dem Ball stolperte ein mittelgroßer Hund her. Ein blutjunger schottischer Beagle. Er schlug mit seiner Tatze auf den Ball und als dieser durch die Wucht weiter weg geschleudert wurde, bellte er vor Vergnügen. Hilda hatte mittlerweile ihren BH ausgezogen. Aber ich konnte ihr nicht ins Haus folgen. Ich wollte, ja, aber meine Füße machten einfach nicht mit. Ich hatte noch nie so viel Lebensfreude gesehen.

»Woher kommt der Hund?«

»Woher kommt der Hund? Woher kommt der Hund?«, äffte mich Hilda mit unverhohlenem Ärger nach. Sie schlug mit dem BH nach mir. »Dein vertrottelter Franz hat sich natürlich noch einige Tage vor seinem Ableben einen Hund kaufen müssen. Das ist Butz!«

Es war der schönste Hund, den ich je gesehen hatte.

Ein paar Tage später, mitten im Sortieren der Texte, war Hilda über mich hergefallen, und ich als guter Sportsmann ließ mich von ihr ins Schlafzimmer bringen. Ich pumpte gerade mit letzter Kraft in ihre abenteuerliche Scheide, sie keuchte, war außer Atem, und mein nackter Arsch schwang auf und nieder, sie hatte sich hineingekrallt und ich schwitzte unter ihren spitzen Fingernägeln, da leckte mich Butz an meiner Sohle und so schnell konnte Hilda gar nicht schauen, war ich schon wieder in meinen Kleidern, war draußen auf der Wiese und warf dem lieben Butz ein Frisbee zu.

Hilda rollte wohl mit den Augen, zündete sich eine Zigarette an und suchte sich auf *youporn* einen Film, der sie besser zufrieden stellen konnte als ich – aber ich konnte es nicht ändern. Das hatte mit Hilda nichts zu tun. Der Sex war nicht schlecht, er war wild und rau, und alles, was man sich nur wünschen konnte. Ich spielte nur einfach lieber mit dem Hund.

Was für einen Glücksgriff Franz mit diesem Hund gemacht hatte! Was für eine reife, lebensnahe Entscheidung, sich diesen wunderbaren Hund zum Eigentum zu machen! Wie konnte Franz nur so dumm sein und dieses Glück aufs Spiel setzen? Es war eine Sache, sein Leben zu riskieren, wenn man ein armer schmutziger Junggeselle war, aber eine andere, wenn es so eine unbedarfte Natur gab, die von einem abhängig war. Der arme Butz! Der war doch viel zu jung für diesen Abschied.

»Das Ficken mit dir ist eine Katastrophe«, grummelte Hilda. Sie hatte das Fenster geöffnet und rauchte auf den Rasen.

»Was hast du dir groß vorgestellt?« Ich zuckte mit den Schultern. »Ich bin nicht mehr der Jüngste. Ich kann dich nachher noch lecken, wenn du magst.«

»Pfhhh!« Sie rauchte eine dicke graue Wolke in die Luft. »Was machst du überhaupt mit diesem Hund? Siehst du nicht, dass das ein kleiner dummer Blödelhund ist? Von Franz hatte ich mir nichts anderes erwartet, aber von dir?«

»Jeder Hund, der keine Katze ist, hat etwas Beglückendes.«

»Katzen kann ich noch weniger leiden. Hunde sind einfach dumm, aber Katzen sind von Grund auf verdorben. Du hast doch schon einen Hund!«

Ich verspürte einen leichten Stich. Das hatte doch nichts mit Baxter zu tun. Baxter war mein Lebenshund. Seit vielen Jahren erlebten wir gemeinsame Abenteuer, wir hatten eine Geschichte. Es ist doch klar, dass es nach all den Jahren nicht mehr so war wie zu Beginn, als ich in der Dämmerung mit Baxter am Lido del Sole rannte und wir Krabben anbellten. Aber wir hatten uns verändert, ich war vermögend und angepasst, und Baxter alt und mürrisch geworden. Er war zum Einzelgänger geworden. Er konnte nicht mehr mit anderen Hunden. Andere Hunde reizten ihn bis aufs Blut. Begegnete er einem anderen Hund, wollte er ihn sofort verängstigen, in dessen Richtung beißen, bis er verschwand, und wenn der Hund auf das nur angedeutete Beißen nicht reagieren wollte, dann biss Baxter eben wirklich zu, bis der andere Hund vor Schmerz jaulend davonrannte; da war es Baxter, das musste man ihm lassen, egal, ob der andere Hund groß oder stark, aber eben auch, ob er jung, naiv und lieb war. Ich wusste nicht, woher Baxter diesen Altersmissmut hatte.

Es war gut, dass ich ihn zuhause gelassen hatte. Baxter hätte sich nicht wohl gefühlt. Ich hätte ihn anleinen müssen, weil er sonst Butz attackiert hätte.

Hilda kratzte sich. »Genieß es ruhig. Spiel mit dem kleinen Trottel noch. In ein paar Wochen, wenn ich hier fertig bin, lass ich ihn einschläfern.«

Manchmal versteckte ich Hildas Zigaretten, um mehr Zeit mit Butz verbringen zu können. Während sie dann den Weg durch die Kleingartensiedlung zum nächsten Kiosk antrat, lief ich mit ihm ums Haus, warf ihm Stöckchen oder wälzte mich mit ihm auf dem Wohnzimmerboden. Sosehr ich mich auch bemühte, mich auf Franz' Nachlass zu konzentrieren, ich schaffte es nicht. Dankbar nahm ich jedes Frisbee auf, das mir der süße kleine Butz zu Füßen legte. Was für eine schöne, aufmerksame Geste.

Ich kam ins Grübeln. Wann hatte mir Baxter zuletzt etwas vor die Füße gelegt, einen zerkauten Kaufhausknochen, einen alten Ball oder meine zerbissenen Patschen? Wenn ich nachhause kam, japste er und schnalzte mit der Zunge, ein wenig später kontrollierte er seinen Napf, um zu sehen, ob er schon gefüllt war. Manchmal, wenn ich ihn streichelte, hechelte er und gurrte und knurrte und winkte mit seinen Ohren, aber was war das mehr als aalglatte Routine um unser jahrelanges Zusammenleben friktionsfrei weiterzuführen? Im Grunde war ich ihm lästig geworden, eine Ärgerlichkeit, die ihn aus seiner zufriedenen Zone des Liegens, des Starrens und des Schlafens herausriss. Er schenkte mir nur grade so viel Aufmerksamkeit, um sicherzustellen, dass ich ihn weiterhin gut fütterte und die Wohnung im Winter behaglich warm heizte.

Butz dagegen! Butz! Was kam mir da für eine erfrischende Liebesenergie entgegen! Aber nicht wie die Liebe zwischen Mann und Frau, die sich bald in ein Kampffeld gegenseitiger Schuldzuweisungen und nervöser Kränkungen verwandelte.

Als Hilda rauchend von ihrem Spaziergang zurückkam und

sah, dass ich weder in die Texte ihres Bruders vertieft war noch mich nackt im Bett für eine weitere Runde aufwärmte, griff sie verärgert ins verwilderte Gras und schleuderte mir einen verschmutzten Cricketball an den Kopf.

Der Sex mit Hilda war eine gute Ausrede, um mich ausführlich zu duschen. Mit einer Bürste schrubbte ich meinen ganzen Körper, um den Geruch von Butz zu entfernen. Ich hatte in einer Tasche neue Sachen zum Anziehen mitgebracht, die alte Wäsche warf ich in Franz' Waschmaschine. Ich zog mich im Badezimmer um und stieg von dort direkt aus dem Fenster, um nicht mehr mit Butz in Kontakt zu geraten, der zu diesem Zeitpunkt gerade sein Schläfchen hielt.

Das war kein Zufall, denn ich wählte genau den Zeitpunkt, an dem er sich zum Schlafen eingerollt hatte. Ich wollte jedes Drama vermeiden. Erwischte mich Butz dann versehentlich doch, wenn ich mich im Garten davonstahl, rannte er mir nach, schleckte an meiner Hose und versuchte mich in Spielereien zu verwickeln.

Hilda machte keine Anstalten, den Hund zurückzuzerren und zu beruhigen. Sie amüsierte sich prächtig, setzte ein bösartiges Grinsen auf und rauchte eine Zigarette nach der anderen. Oft wusste ich mir nicht anders zu helfen, als einen Ball ins Haus zu werfen und dann, wenn Butz ihm nachgelaufen war, blitzschnell die Tür zuzuschmeißen und zu versperren. Dann hastete ich davon, den traurigen Blick des Hundes im Nacken und das Geräusch seiner auf die Fensterscheiben schlagenden Tatzen, sein leidendes Gewinsel im Ohr, direkt in das nächste Geschäft einer Modekette, wo ich mir frische Kleidung kaufte.

Meine Schuldgefühle gerieten Baxter zum Segen. Denn um ganz sicher zu gehen, dass mich eine mir anhaftende Butz-Schwade nicht entlarvte, machte ich vor dem Nachhausekommen einen Abstecher in der Fleischerei, wo ich mir eine Knackwurst nach der anderen präsentieren ließ, bevor ich mich für die prallste und wohlduftendste entschied, um seine Nase zu verwirren. Mich hatte Angst erfasst, dass er trotz meiner Täuschungsversuche meine Freude an dem fremden Hund riechen konnte. Doch diese Angst war unbegründet. So dramatisch der Abschied von Butz, so gleichgültig war Baxters Empfang. Auch sein Schwanz wedelte wie verrückt, aber seine Freude galt der Wurst.

Langsam überforderte es mich, dass ich alle bei Laune halten musste. Hilda, die das Gefühl hatte, sie käme bei mir nicht mehr auf ihre Kosten. Butz, der nicht mehr von meiner Seite weichen wollte und dem ich nicht erklären konnte, warum er jede Nacht von mir zurückgelassen wurde. Karetta Toblin, die sich langsam Sorgen machte, dass der richtige Zeitpunkt für die Veröffentlichung des Nachlasses mittlerweile bei all dem medialen Dauerfeuer aus Terroristen und Bankencrashs vorübergegangen war. Der neue Chefredakteur von VICE, der mir immer zudringlichere E-Mails schickte, ob ich jetzt schon komplett durchgeknallt sei. Happy, die mir neuerdings stündlich SMS mit immer frostiger werdenden Aufforderungen schickte, dass ich endlich auf *Whatsapp* wechseln solle, damit sie schneller mit mir in Kontakt treten könne.

Ich sehnte mich nach einem Wochenende, das nur der Freude und nicht der Problembewältigung gewidmet war. Alles beiseiteschieben, auf niemanden Rücksicht nehmen müssen, einfach durch den Wald spazieren und meinen Gedanken freien Lauf lassen. So wie früher mit Franz, nur dass ich mich diesmal nicht darauf konzentrieren müsste, den Strom seiner Gedanken auszublenden. Auf einmal verspürte ich eine leichte Traurigkeit. Nie wieder würde ich mit Franz und Baxter durch den Wald gehen, nie wieder Franz' von seinem eigenen Wahnsinn begeistertes Gesicht sehen. Das war alles vorbei. Ich beschloss, den Ausflug in den Wald ohne Baxter zu unternehmen. Ich konnte es mir nicht erklären, aber es fühlte sich irgendwie falsch an. Wenn Franz aus dem einstigen Trio der Schlenderer nicht mehr dabei wäre, wäre er gerade deshalb noch viel spürbarer. Ein Phantom würde mit uns ziehen.

Ich würde meine Putzfrau, die sich schon unter der Woche, wenn ich mit meiner Arbeit am Nachlass beschäftigt war, um Baxter kümmerte, darum bitten, ihn am Wochenende mit zu sich zu nehmen. Sie würde keine Freude haben, auch sie war kein Hundemensch, aber ich hatte ja Geld und konnte deshalb Menschen Freude bereiten, wo keine Freude war.

Seit seinem Tod hatte ich mich nur über Franz geärgert, hatte den Kopf geschüttelt ob der Dummheit und Arroganz, die zu seinem Sterben geführt hatte. Erstmals spürte ich so etwas wie Verlust und Zärtlichkeit. Vielleicht war es doch keine gute Idee gewesen, allein in den Wald zu gehen. Ich brauchte jemanden, der meine dunklen Gedanken zerstreute. Da kam mir die Idee, die ich eigentlich schon die ganze Zeit hatte: Warum nicht das Wochenende mit Butz verbringen?

Es war irgendwie nicht richtig, spürte ich, das Wochenende mit einem anderen Hund zu verbringen, aber ich spürte auch, dass es mir trotzdem die allergrößte Freude bereiten würde. Was von dem, das man tat, war schon von eindeutiger Gewissensbisslosigkeit geprägt? Es gibt doch immer auch gute, ja, bessere Gründe, etwas nicht zu tun. Es gibt immer sieben, acht, neun Dinge, die man auch tun könnte, ja, tun *müsste*, schon vor Wochen unbedingt hätte erledigen müssen. Es gab keine Momente, die nicht auch ein bisschen von dem Zweifel getrübt waren, seine Zeit falsch zu investieren, falsch zu priorisieren, eine falsche Entscheidung getroffen zu haben.

Andererseits hatte ich mich den Großteil meines Lebens nicht von Schuldgefühlen leiten lassen und oft und gerne das getan, von dem ich wusste, dass es falsch war, wenn es mir nur einen kurzen Augenblick der Befriedigung verschaffte. Ich hatte allergrößte Erfahrung darin, Menschen, die mir vertrauten, im Regen stehen zu lassen, es fiel mir mittlerweile gar nicht mehr auf. Deshalb war ich verwundert, wie sehr mich die Schuldgefühle gegenüber Baxter triezten. So traf ich eine für mich untypische Entscheidung. Ich beschloss den Ausflug mit Butz sein zu lassen. Ich rief meine Putzfrau an und teilte ihr meine geänderten Pläne mit.

Sofort fühlte ich mich unendlich erleichtert. Die Arme fielen mir schlaff zur Seite, ich lächelte auf einmal, alleine in meinem Wohnzimmer. Mein Gebiss entspannte sich. Erst jetzt bemerkte ich, wie sehr mich meine Kaumuskeln schmerzten, wie *verbissen* ich gewesen war. Plötzlich war ich klar und konnte denken. Diese Schuldgefühle hatten mich benebelt und meine Schärfe beeinträchtigt. Ich konnte wieder eine klare Entscheidung treffen. Natürlich gab es für mich keinerlei Grund, den Waldspaziergang mit Butz nicht zu unternehmen. Ich hatte Baxter lange Jahre versorgt, mich um ihn gekümmert, war mit ihm spätnachts in die Ambulanz gefahren. Im Gegensatz zu meinen vielen Geschlechtspartnerinnen hatte ich ihn kein einziges Mal enttäuscht. Ich war immer loyal zu ihm gewesen. Franz' Tod hatte mich schwerer getroffen als gedacht, es war eine merkwürdig zerrissene Phase meines Lebens. Es stand mir natürlich zu, mich einen Tag lang auf die Art zu entspannen, die die beste war und nicht die widerspruchsfreieste. Ich musste meine Gedanken ordnen, und wenn es eines kurzen Moments mit einem fröhlichen jungen Hund dazu bedurfte, dann war das eben so, usw. usf. Ich griff zum Hörer und wickelte mit meiner Putzfrau die Rückgängigmachung meiner Rückgängigmachung ab.

Am Samstag stand ich in aller Früh auf, drehte mit Baxter noch eine Runde um den Block, füllte seine Näpfe mit Wasser und Würsten und machte mich in dem Moment auf den Weg in den Prater, als meine Putzfrau die Tür hinter sich zugeworfen hatte.

Hilda öffnete die Tür, ihr Gesicht war grau. Sie hatte keine Freude mich zu sehen. Offensichtlich hatte sie Herrenbesuch. Im Dunkeln des Flurs konnte ich einen Mann, der nur mit Unterhemd bekleidet war, sehen, dessen Bartwuchs dem des Kioskbesitzers ähnelte, bei dem Hilda immer ihre Zigaretten kaufte. Ich hoffte für Hilda, das er sich besser im Bett anstellte als ich. Sie lud mich nicht ein, auf einen Kaffee hereinzukommen, und ich musste es nicht ablehnen. Ich schnappte mir nur den jungen Butz samt Leine und fuhr mit ihm zum Cobenzl.

Schon in der U-Bahn war Butz überwältigt vor Freude. Begeistert blickte er aus dem Fenster, ergötzte sich abwechselnd am dunklen Stollen und an seinem Spiegelbild. Im Wald nahm seine kindliche Energie kein Ende mehr. Er rannte ohne Unterlass herum, preschte mutig vor, rannte dann wieder zu mir zurück, freundlich hechelnd, entdeckte einen interessanten Duft und blieb stehen, wobei er während des aufgeregten Schnupperns auf allen Pfoten tänzelte, ein leichtfüßiger Tanz, ein Ballett, bis ihm wieder einfiel, dass ich mich in der Zwischenzeit von ihm entfernt hatte. Und schon legte er die Ohren an, klappte die Zunge raus und hechtete mir nach.

Wir machten Rast im Gasthaus zum Agnesbrünnl. Es war heißer geworden, als es mir lieb war und ich wollte ein kaltes Getränk zu mir nehmen. Butz bekam Wasser, und als ich eine Packung mit Mannerschnitten mit ihm teilen wollte, war er frech und schnell genug, dass er sie ganz alleine essen konnte.

Vor dem Gasthaus lag das Ziel unseres Ausflugs: eine prächtige abschüssige Wiese, auf der das Stöckchen extraweit geworfen werden konnte. Bäume spendeten Schatten, Bänke luden zum Verweilen ein, vor allem Pensionisten, die zu dieser Uhrzeit schon jeden freien Platz besetzt hatten, ein Streichelzoo war in der Nähe. Ein idealer Ort also, um Geist und Körper eines jungen Tieres anzuregen.

Was soll ich sagen? Es lief wie am Schnürchen. Bis es aufhörte, wie am Schnürchen zu laufen.

Ich hatte über eine Stunde die schönste Zeit mit Butz verbracht. Wir hatten mit dem neuen aerodynamisch für Hunde optimierten Frisbee gespielt, das ich mir extra für diesen Tag besorgt hatte, wir waren mehrmals um die Wiese herumgelaufen, Butz hatte sich von Kindern streicheln lassen. Genau wie ich es mir gewünscht hatte, spürte ich, wie meine hässliche Laune zu verschwinden begann. Es war herrlich!

Da vernahm ich ein Geräusch, das ich im selben Augenblick, in dem ich es hörte, gleich verleugnen wollte. Es war ein lautes Bellen, besser gesagt drei scharf hintereinander ausgestoßene Kläffer, kommend aus dem Wald, vom Weg, vom nicht sichtbaren Teil, der um die Ecke lag. Natürlich war es eindeutig Baxter gewesen, aber ich verschaffte mir einen kurzen Moment geistiger Gesundheit, eine Pause, indem ich mir einredete, ich hätte mir dieses Kläffen nur eingebildet bzw. ein anderes Bellen auf ähnlicher Frequenz vernommen, das ich nicht ganz hören konnte, und dessen Reste ich mir aus meiner Erinnerung zusammenreimte. Doch damit verschaffte ich mir nur einen süßen Moment der Ruhe, dann kam schon meine Putzfrau aus dem Wald und mein Herz begann zu rasen, mein Ohr hell zu surren und mir trat Schweiß auf die Stirn.

»Baxter! Baxter! Wie schön!«, rief meine Putzfrau. Aber zum Glück meinte sie nicht mich, sondern nur die prächtige Jägerwiese im Sonnenlicht. Sie ließ Baxter von der Leine. Mit zwei großen Schritten brachte ich mich hinter einem Baum in Sicherheit.

Ich musste die Wiese mit Butz so schnell wie möglich verlassen, bevor ich entdeckt wurde. Butz, der meine Angeschlagenheit entweder nicht bemerkte oder gar besonders lustig fand, legte mir einen Stock vor die Füße und forderte mich mit fröhlichem Gebell auf, ihn zu werfen. Ich hatte eine Idee. Ich würde das Stöckchen in den Wald am Rande der Wiese werfen und dann, wenn Butz ihm ins Dickicht folgte, würde ich wiederum Butz nachrennen und ihn mir schnappen. Ich würde mir einen Weg durch den ungepflegten Wildwuchs bahnen, wieder zurück auf den Weg, auf dem ich hergekommen war und dann auf schnellstem Weg runter vom Berg.

Ich hob das Stöckchen, doch da hatte mich Baxter bereits entdeckt und bellte mich erfreut an. Auf der linken Seite hüpfte Butz, zu meiner rechten Baxter, der sein Glück nicht fassen konnte.

»Wirf den Stock!«, dachten die beide Hunde wohl, der eine nichts vom anderen ahnend. »Wirf den Stock! Wirf den Stock! Wirf den Stock!« Ich wusste nicht, was ich tun sollte. Aber irgendetwas musste ich tun! Ich schloss die Augen. Rauschen. Und warf den Stock.

Hilda rief mich an. Nachdem sich auch der Trafikant als Niete im Bett erwiesen hatte und ein weiterer Aufriss in der Bar damit geendet hatte, dass sie ihn ins Krankenhaus bringen musste, weil er beim Wrestling eine Platzwunde am Kopf erlitten hatte, als sie ihn mit Gewalt zu ihrer Körpermitte niederdrücken musste, damit er verdammt noch mal endlich aufhörte, sich zu zieren ihre Möse zu schlecken, hielt sie nichts mehr in Wien. Eine stichprobenartige Überprüfung der Manuskripte von Franz bestärkte sie in ihrem Entschluss.

»Das ist doch alles Nonsens, Bruno. Narrenzeug, Narrengedanken. Was hat er sich bloß dabei gedacht?«

Ihr erster Anruf war beim Literaturhaus Wien, ob sie den Nachlass übernehmen wollten, aber die wussten irgendwie auch nicht so recht. Die Mittel seien knapp. Echte Begeisterung sah anders aus. Die Dame am Telefon sagte, sie müsse sich das erst überlegen, es mit allen Beteiligten und Vorgesetzten besprechen. Zehn Minuten nachdem sie aufgelegt hatte, rief sie zurück und sagte ab.

Hildas zweiter Anruf galt dem Entrümpelungsdienst der MA-48, ihr dritter mir.

»Sie kommen morgen Vormittag und holen alles ab, um es zu verbrennen. Wenn du mir einen vernünftigen Grund nennen kannst, das nicht zu tun, oder eine andere Lösung hast, dann bitte. Ich bin ganz Ohr.«

»Ach, komm schon«, sagte ich, ließ mich aber schnell überreden.

»Franz hätte es sicher anders gewollt«, sagte Hilda. »Aber

wann bekommt man schon das, was man will? Bleibt die Frage: Was machen wir mit dem dummen Hund? Du kannst ihn nicht zu dir nehmen, so viel steht nun mal fest.«

Das Treffen auf der Wiese war denkbar schlecht ausgegangen. Butz hatte aufgrund seiner Jugend das Stöckchen natürlich früher erreicht, nur knapp, gerade so, dass er es aufheben konnte, als Baxter in das andere Ende biss. Für einen Moment war Baxter verblüfft, warum da ein anderer Hund das Stöckchen hielt, dann stürzte er sich auf Butz mit einem dunklen lauten Grollen, das ich so noch nie von ihm gehört hatte, und biss mehrmals kräftig zu. Butz jaulte und biss zurück. Er war kleiner, wendiger, er fügte Baxter einige stark blutende Wunden zu. Um Schlimmeres zu verhindern, stürzte ich mich zwischen die beiden Kämpfenden und versetzte Baxter einen Tritt, um die beiden auseinanderzubringen. Baxter blickte mich verwirrt an, aber ich hatte keine Zeit, die Verwirrung aufzuklären. Ich schnappte mir Butz auf den Arm und lief mit ihm davon in den Wald, wo mir die knorrigen Äste die Wange blutig schlitzten.

Vielleicht hatte ich mir unbewusst gewünscht, ich könnte Butz zu mir nehmen. Unter einem Dach würden sich die beiden Tiere anfreunden. Ein Haushalt der Sympathie würde entstehen, des gegenseitigen Respekts, in dem viel und laut gepfiffen wurde. Diese Wunschträume waren nun zu Ende. In Wahrheit würde es nur wenige Tage dauern, bis der eine den anderen Hund totgebissen hätte.

Als ich am nächsten Tag bei Hilda ankam, waren die Männer vom Entrümpelungsdienst schon mitten am Werken. Lachend fegten sie ganze Papierstöße vom Tisch, in einen schwarzen Sack, sie schulterten Kommoden, brachen einem Tisch die Beine, um ihn durch die Eingangstür zu bekommen. Sie machten sich die Arbeit zum Spaß.

Hilda stand im Garten, an den Zaun gelehnt, rauchte und

beobachtete. Butz hielt sich auf der Rückseite des Hauses auf und kläffte eine Katze an, die sich auf dem Nachbargrundstück versteckt hielt. »Hast du dir schon etwas überlegt?«, fragte sie mich. »Ich habe einen Termin am Nachmittag. Mit einem Tierarzt, der keine Kompromisse macht.«

Ich ließ mir mit meiner Antwort Zeit, bis Hilda bemerkte, dass ich ihr keine geben würde.

»Ich kann den Hund nicht mit nach München nehmen.«

»Das kommt alles sehr schnell«, sagte ich.

Hilda zuckte mit den Schultern.

»Darf ich auch?« Ich nahm einen tiefen Zug von ihrer Zigarette. »Wo ist denn die Ordination von diesem Tierarzt? Ich möchte Butz selbst hinbringen.«

Happy war überglücklich. Endlich hatte ich meine eigene Schlechtigkeit akzeptiert. Ich hatte meine Maske fallen gelassen und allen meine wahre schundige Visage gezeigt. Niemand musste sich nun mehr mit kleinen unterschwelligen Zweifeln abmühen, ob ich in Wirklichkeit gar kein so schlechter Kerl sei, vielleicht ein bisschen ruppig im Umgang, ein schwieriger Mensch mit eigenen Sorgen, die manch unschönes Benehmen zwar nicht entschuldigen, wohl aber erklären könnten. Die Zeit der Ambivalenz war vorbei. Ich hatte gezeigt, dass ich ein Arschloch war, ein großes Arschloch, nichts anderes als ein riesengroßes Riesenarschloch, kurz: ein Arsch.

Ich weine vor Glück!, schrieb sie mir, und eine Stunde später: *Weine noch immer! So glücklich!* Die nächsten Stunden trudelten immer wieder Smileys bei mir ein, denen die Tränen aus den Augen schossen.

Wie schön die französischen Bäume sind, musste ich denken, als ich mit meinem Auto durch die Bretagne fuhr. Warum bin ich eigentlich so selten in die Bretagne gefahren? Es ist doch zweifellos einer der schönsten Orte der Welt. Man konnte fantastisch essen, die Weine waren eine Weltsensation, nirgends gab es eine bessere Relation zwischen vandalistischem Vollrausch und kopfschmerzfreiem Aufwachen, man grüßte einander freundlich, wenn man sich begegnete. Ein entgegenkommender Radfahrer wäre fast in den Straßengraben gefahren, weil er mir so erfreut zuwinkte. Alle freuten sich mich zu sehen, den befreiten alten Mann in seinem Auto mit dem grinsenden Hund auf seinem Schoß. Ich kurbelte das Fenster herunter und Butz bellte seine

Freude hinaus in die Welt, seinen Spaß, in die Welt, in die Welt, die französische Welt.

Meine erste Anlaufstation war meine Putzfrau. Sie hatte schon oft auf Baxter aufgepasst und ihn gepflegt. Ich hätte mir vorstellen können, dass sie sich freute, Baxter in Obsorge zu nehmen, noch dazu, weil ich es ihr gut bezahlen wollte. Aber sie schlug nur das Geschirrtuch über eine Sessellehne. »Ich habe nie verstanden, was in diesem dummen Hundekopf vor sich geht«, begann sie und fuhr dann fort mit der reschen überheblichen Art von älteren Frauen, die schon viel erlebt haben, mir aufzuzählen, was sie für meine gröbsten Fehler im Leben hielt und warum ich nie ein zufriedener Mensch werden könne.

Gut, dachte ich, das kann ich auch und sagte wiederum ihr alles ins Gesicht, was mich an ihr störte, und warum sie mit ihrer passiven schroffen Art die Menschen um sich nie dazu bringen könne, Rücksicht auf ihr Glück zu nehmen.

Sie legte mir den Schlüssel in eine Schale neben der Garderobe und verließ die Wohnung, wobei sie die Tür – fast wie aus Bosheit – besonders achtsam und leise schloss.

Die vernünftigste und realistischste Art, Baxter unterzubringen, war somit aus der Reichweite des Möglichen verschwunden. Ich muss zugeben, ich schmiss daraufhin ein bisschen die Nerven weg, denn ich hatte mir keine großen Alternativpläne überlegt und Butz saß zu dem Zeitpunkt schon eine gute Stunde in meinem geparkten Auto.

Ich wusste nicht weiter, also machte ich das Nächstbeste, das mir einfiel. Ich packte Baxters Habseligkeiten, seinen Topf, seine Decke, sein Körbchen, in einen Sack und fuhr mit dem Taxi zu Lorenz und seiner Mutter. Niemand war zuhause. Ich leinte Baxter an den Gitterstäben des Gartenzauns an, stellte den Sack mit seinem Besitz daneben und schrieb eine Notiz, die ich auf eine Korktafel heftete und Baxter umhängte.

Sinngemäß schrieb ich, dass ich mich aus dem Staub machte und Baxter meinem Lebensglück im Weg stehen würde. Es sei jetzt die Aufgabe von Lorenz, sich um ihn zu kümmern. Warum? Weil man sich so etwas nicht aussuchen könne, das Schicksal bestimme oft gnadenlos, und in diesem Fall sei das Schicksal eben ich. Wenn er die Verantwortung nicht übernehmen wolle, weil er so weich war, wie ich es immer befürchtet hatte, dann könne er sich an den untenstehenden Tierarzt wenden. Noch heute warte dieser mit einer giftgefüllten Spritze, um einen Hund von einer sinnlosen Existenz zu befreien.

Ein bisschen harsch formuliert, das gebe ich zu, aber ich wusste, dass ich eine Teenagerwut auslösen musste, die alles in der Macht Stehende unternehmen würde, um mich zu enttäuschen, um Baxters Chancen auf Aufnahme in den Haushalt zu erhöhen.

Wie es schien, hatte mein Plan funktioniert. Happy und Lorenz schickten mir laufend Bilder, in denen Baxter in absoluter Zufriedenheit zu sehen war, nur um mich zur Weißglut zu bringen. Trinkend, schlafend, selig sich einrollend.

Abends unter den Sternen trösteten mich diese Bilder. Es freute mich, dass es Baxter gut ging, andererseits hielt ich diesen ständigen Strom an von Hass getriebener Harmonie nicht mehr aus und blockierte die beiden.

Seit über einer Woche fuhr ich mit Butz durch die Bretagne und ich muss sagen, es hätte nicht schöner sein können. So konnten die Nachrichten auf meinem Anrufbeantworter meine quietschvergnügte Laune nicht beeinträchtigen.

Mein Agent rief an. Eine Reihe von Unterlassungs- und Schadenersatzklagen seien eingegangen, nicht alle, die ich namentlich in meiner Kolumne genannt hatte, wären darüber auch erfreut. Und mein Verlag sei nach meinen Bemerkungen vor ein paar Wochen unruhig geworden und wollte endlich eine erste Fassung des Karl-Marx-Manuskripts lesen.

Marvin Latsko meldete sich. Er war aus dem gemeinsamen Haushalt mit seiner Mutter ausgezogen. Sie hatte eine ironische Affäre mit Nikey begonnen und angefangen, ironisch laut zu bumsen, während sie Marvin ein ironisches Fernsehverbot auferlegt hatte. Aber das sei jetzt alles *Water under the bridge*, er brauche nun keine Schutzmauer mehr, die ihn vor der rauen Wirklichkeit schütze. Er habe ein neues Projekt, einen neuen Job, eine neue Aufgabe. Zwei Jahre würde er als Tierpfleger mit einem bulgarischen Zirkus durch den Osten Russlands ziehen, ohne Smartphone, ohne Erspartem, nur er und sie, Artisten, die Clowns, die Tiere und ein Euro pro Stunde. Er verabschiedete sich, um sich den Rucksack umzuhängen und dem Zirkus anzuschließen. Der Messerwerfer wartete bereits zornig am Steuer des Wohnwagens und hupte.

Karetta Toblin hatte innerhalb kürzester Zeit ihren Ton von süßer Bedrängung auf furienhafte Gekränktheit umgestellt. Sie verfluchte mich und Hilda. Das Buch sei die letzte Möglichkeit gewesen, die Bank von möglichen zukünftigen Gewinnen zu überzeugen. Nun wurde der Geldhahn zugedreht. Meine Schuld. Autoren konnten nicht mehr ausbezahlt werden, darunter leider auch einflussreiche Autoren, die Förderstelle habe schon missmutig in Aussicht gestellt, die Förderung im nächsten Jahr nicht mehr gewähren zu wollen. Meine Schuld. Durch die vielen Probleme und den daraus eruptierenden daumenschraubenstarken Druck habe sie seit Jahren erstmals wieder schizophrene Schübe erlitten, die nicht durch Tabletten unter Kontrolle gebracht werden konnten. Sie fror, den ganzen Tag fror sie, ihr Lebensmut war fort, nur noch Kälte und Leere überall und alles, alles war meine Schuld. Das war natürlich keine erfreuliche Wendung der Dinge für Karetta, aber wer mochte schon viel darüber grübeln, wenn Butz auf einer knallgrünen Wiese Runde um Runde drehte, um seinen Schwanz zu fangen? Und schaffte er es einmal, jauchzte er verblüfft ob des stechenden Schmerzes. War das etwa ein Grund aufzugeben? Aber wieso denn, nein!

Die Freiheit des Lebens, die Straße, die Motels. Was für ein wunderbares Leben! Erst jetzt merkte ich, wie sorglos sich die Welt anfühlen kann. Ich war wie ein trunkener Grieche in einem Fass, unbekümmert von den Anforderungen dieser Welt. Es war neuer Wein in meinen Schläuchen. In den ersten Tagen in den Motels machte ich den Fehler, den energetischen Schwung zu nutzen, um meinen Karl-Marx-Roman zu Ende zu bringen. Aber all die Gedärme, die aufgeschlitzten Banker, die abgehackten Schwänzen in den Glory Holes, die düsteren Verballhornungen des Manifests, der billige Sex – es passte einfach nicht mehr zu dem schönen Leben, das ich führte. In einer Nacht, während mich Butz von seinem Platz unter dem Esstisch, auf dem ich auf dem Computer schrieb, beobachtete, löschte ich Buchstaben für Buchstaben des Romans und mit jedem gelöschten Satz fühlte ich mich besser, befreiter. Als ich den letzten Buchstaben gelöscht hatte, blickte ich zufrieden auf die leere Seite. Ich mailte das inhaltslose Dokument mit ein paar knorrigen Grußworten an meinen Verlag und warf meinen Laptop in den Mistkübel.

Ich riss das Fenster auf und ließ eine warme Nachtbrise in das Zimmer.

Ein paar Jugendliche fuhren mit ihren obszön aufpolierten Autos auf den Parkplatz vor dem Motel. Aus einem Autoradio erklang marokkanische Festmusik. Die Jugendlichen tanzten im Kreis und stießen mit kleinen Bierfläschchen an. Butz sprang hoch, die Pfoten auf dem Fenstersims, und sah dem fröhlichen Treiben zu. Die jungen Männer fassten einander an den Händen und begannen miteinander zu tanzen. Sie tanzten mit einer

Anmut, die nur ohne die Anwesenheit des anderen Geschlechts erreicht werden kann. Sie mussten niemanden erobern, sie mussten keiner Welt ihre Männlichkeit beweisen. So konnten sie sich einzig und allein der Schönheit des Tanzes widmen. Butz wippte im Takt der aufreizenden Melodie. Er bellte vor Freude, er leckte sich das Maul, blickte mich aus großen Augen an.

Ich werde die Kolumne aufgeben. Hilda hat recht. Wir müssen aufhören, uns auf das Misslingen zu konzentrieren. Deshalb wird *sie* es sein, die ab nächster Woche Filme bespricht, zu denen man einen guten Orgasmus bekommen kann bzw. Hilda einen guten Orgasmus bekommen kann. Ich kann Sie beruhigen, die Kolumne ist in guten Händen, Hilda macht ihre Sachen ganz gut. In einer ihrer nächsten Kritiken berichtet sie über einen tschechischen Film, der von einem Chirurgen handelt, der an Hepatitis B leidet.

Ich nahm seine rechte Vorderpfote vom Fenstersims, dann die linke in meine Hand und forderte Butz zum Tanz auf.

Erst bewegte ich mich vorsichtig, verhielt mich abwartend, aber Butz hatte keine Schwierigkeit, die vorgegebenen Schritte auf seinen Hinterbeinen zu balancieren. Ich wurde wagemutiger, riskierte immer mehr, doch auch meine schnelleren Bewegungen stellten für Butz kein Problem dar. Ich ließ mich von der Musik treiben, immer schneller schlugen die marokkanischen Rhythmen, immer treibender wurde der Gesang. Als das Lied mit einem lauten Schlag auf alle Instrumente endete, entließ ich Butz in eine elegante Pirouette und bevor er umkippen konnte, zog ich ihn wieder zu mir. Er bellte laut auf, sprang an mir hoch, um mir das Gesicht zu lecken und landete im Anschluss auf allen vier Pfoten.

Ich streckte meine Arme aus und ließ mich rückwärts aufs Bett fallen. Ich lachte schallend, konnte nicht aufhören zu lachen. Als Butz einschlief und die Jugendlichen längst zu weiteren Abenteuern aufgebrochen waren, gluckste ich in der Stille des Zimmers immer noch.

INHALT

Gedruckt mit freundlicher Unterstützung durch

WIEN KULTUR   KULTUR NIEDERÖSTERREICH

Umschlag: Boutique Brutale, www.boutiquebrutal.com
Umschlagfoto: © Mella / photocase.de
Druck und Bindung: CPI Books GmbH, Leck

A–1080 Wien, Wickenburggasse 21/1–2

www.milena-verlag.at
ISBN 978-3-902950-93-2